国家出版基金项目
NATIONAL PUBLICATION FOUNDATION

中國小說的起源及其演變

胡懷琛◎著

山西出版傳媒集團
山西人民出版社

圖書在版編目(CIP)數據

中國小說的起源及其演變 / 胡懷琛著. -太原:
山西人民出版社，2014.12
(近代名家散佚學術著作叢刊 / 許嘉璐主編)
ISBN 978-7-203-08849-3

Ⅰ. ①中… Ⅱ. ①胡… Ⅲ. ①小說史-中國
Ⅳ. ①I207.409

中國版本圖書館CIP數據核字(2014)第289772號

中國小說的起源及其演變

主　　編　許嘉璐
著　　者　胡懷琛
責任編輯　梁晉華
助理編輯　張　潔

出 版 者　山西出版傳媒集團·山西人民出版社
地　　址　太原市建設南路21號
郵　　編　030012
發行營銷　0351-4922220　4955996　4956039
　　　　　0351-4922127(傳真)　4956038(郵購)
E-mail　sxskcb@163.com　發行部
　　　　　sxskcb@126.com　總編室
網　　址　www.sxskcb.com

經 銷 者　山西出版傳媒集團·山西人民出版社
承 印 廠　山西出版傳媒集團·山西人民印刷有限責任公司

開　　本　700mm×970mm　1/16
印　　張　10.5
字　　數　90千字
印　　數　1—3000冊
版　　次　2014年12月　第1版
印　　次　2014年12月　第1次印刷
書　　號　ISBN 978-7-203-08849-3
定　　價　23.00圓

《近代名家散佚學術著作叢刊》編委會

出版説明

近代名家散佚學術著作叢刊選取一九四九年以後未再刊行之近代名家學術著作共一百二十册，編例如次：

一、本叢書遴選之著作在相關學術領域具有一定的代表性，在學術研究方向、方法上獨具特色。

二、爲避免重新排印時出錯，本叢書原本原貌影印出版。影印之底本皆經專家組審定，原書字體大小，排版格式均未做大的改變，原書之序言、附注皆予保留。

三、本叢書分爲八大類，以作者生卒年編次。

四、爲使叢書體例一致，本叢書前言後記均采用繁體字排版。

五、個别頁碼較少的版本，爲方便裝幀和閲讀，進行了合訂。

六、少數學術著作原書内容有個别破損之處，編者以不改變版本内容爲前提，部分進行修補，難以修復之處保留缺損原狀。

七、原版書中個别錯訛之處，皆照原樣影印，未做修改。

八、所選版本之抽印本頁碼標注，起始至所終頁碼均照原樣影印，未重新編排標注新頁碼。

由於叢書規模較大，不足之處，殷切期待方家指正。

總序/

披沙瀝金，以爲鏡鑒

◇許嘉璐

多年來有一個問題始終在我腦中盤桓：爲什麼在十九世紀末到二十世紀初，在短短的幾十年裏，中國的各個學術領域竟涌現了那麼多大師級的人物？這是中國近代史上一個極爲重要的現象，我認爲，如果不能給出令人滿意的答案，我們撰寫的近代學術史將是不完整的，甚至是缺乏靈魂的。後來我知道，著名人類學家克羅伯曾提出過一個問題：爲什麼天才成群地來？看來這種現象的出現並非中國所獨有，思考其所以然的也大有人在。而在那一次世紀之交中國的情况，似乎應驗了「天才成群地來」這個令克氏久久不解的疑問。錢學森先生曾從相反的方向提出了相同的疑問：爲什麼我們這個時代出現不了杰出人才？後來人們稱這個問題爲「錢學森之謎」。

要回答這些疑問不是件容易的事。與其迅速地囫圇地探尋，不如先多了解那些讓中國近代學術（應該包括人文科學和自然科學）史上閃耀着光輝的大師們的作品和自述，從而在腦海里盡量「復原」他們所處的環境和在那種環境下的心理路徑，從中或許可以得到一些啓示。

有一點是顯然的，這就是他們雖然都已遠離塵世而去，但是他們獨立思考的品性、求知治學的真誠、困厄窮愁中對節操的堅守，恐怕是他們共同的主觀因素，一直影響到現在，而且將會永遠留存下去。

就思想界、學術界而言，二十世紀上半葉是一個新説和舊説碰撞，中學和西學融匯的大時代。那時的學人極爲重視言行操守，同時具備現代知識分子的理想信念；他們的學術研究十分純净，絶少功利因素；他們的視界開闊，以包容的心態和嚴謹的風格造就了成果的大氣與厚重。至於在客觀因素一面，他們實際是在用工業化時代的事實解説着太史公所説的名山之作「大抵聖賢發憤之所爲作」，困厄苦難使得他們「皆意有所鬱結」。這種鬱結，幾乎和個人的名利毫無牽涉，他們永遠不能釋懷的，是民族的存亡、國運的興衰、民衆的福禍和文脈的續斷。

那個時代也是近代歷史上最大規模的中西古今學術調適、創新的時期，學術方法上的交互滲透和融合、創新亦可謂「於斯爲盛」。斯時之學人是要在封閉的屋墻上鑿出窗子的勇士，是使人能够看看外部世界的第一批導夫先路者；或者可以説，他們是在「意有所鬱結」時「彷徨」和「吶喊」的「狂人」。

相對於那時的哲人們，後來者是幸運兒。現在的形勢是，近三十年來學界空前繁榮，衆多學科有了長足之進，其中很重要的一點是學界有了更新穎、更廣闊的國際視野，似乎接續上了百年前的學壇盛事。但細想想，「古」與「今」還是有差别的。其異，主要不在於世界情勢、學術進展、工具改善這些客觀存在，而在於在廣泛吸收各國優長的同時，自身文化的主體性越來越受到重視，换言之，「拿來主義」已經延長了「拿來」的程序，加上了試用、甄别、篩選、吸收、融合、成長。就我孤陋所見，在當今地球上，面向所有異質文明，努力汲取我之所缺，其範圍之大和心態之切，似乎無出中國之右者。從這個角度説，我們已經超越了前輩。但是事情還有另外一面，學術，特别是人文學科，其職業化、「沙龍化」和功利性，以及隨之而來的浮躁病却嚴重了。從這個角度説，是不是我們已經後退得够可以的了？而這是不是我們這個時代出不了大師的原因之一呢？

民國學術界的特點之一是極爲注重對傳統的反省、批判與繼承。他們對傳統文化盡最大的努力進行整理和研究。一方面，由於戰亂頻仍，民不聊生，學者們擔起了讓中華文化薪火相傳的歷史責任；另一方面，他們要通過對中國傳統文化的整理、挖掘來重振民族自信心。這一時期對傳統文化進行整理的全面而深入是前所未有的，舉凡文字學、語言學、經濟學、法學、哲學、政治制度、書法繪畫、金石學……規模之宏大，研究之精微，令人嘆爲觀止。

民國學術推動了現代學科體系的建立。在對傳統文化整理和研究的基礎上，吸收西方的文化思想和理念，推動和建立了中國現代學科體系。例如，在對語言文字和音韵學成果進行整理、研究的基礎上開始着手規範之，建立了國語學；深入研究書法、國畫，將其融入了現代美術學科；在廢除舊有學制後逐步建立起小、中、大學較完整的科目和學科體系。

民國學術也改變了傳統學術方式，建立了新的研究範式。以現代科學考古爲發端，科研的實踐和成果使中國知識界真正認識到在實驗、比較基礎上的邏輯分析對學術研究的重要，推進了中國學術的一大演變。至於我們常説的打破士大夫傳統、走出書齋到田野鄉村和市民中進行調查研究、結束了經學時代、以歷史眼光檢視儒學和諸子等等，都是確立新學術範式的努力。這一轉變，也標誌着中國學術界脱胎换骨，全面進入了現代，爲此後的學術發展奠定了堅實的基礎。當然，西方啓蒙運動以來，在「現代性」和「現代化」裏潛伏着的缺陷和謬誤也傳到了中國，這些不能不在前哲的著作裏留下痕迹。這並不奇怪。類似的情況，古往今來孰能免之？猶如今天的我們，誰敢自稱我之所見就是永恒的真理？在這個問題上兩個時代所異者，或許就在昔時大家創立新説或譯註西學著作，往往是懷着對學術和前哲的敬畏而爲之，故而常常誤不在我；當今則往往出於對學問和他人的輕蔑，或以所研究的對象爲謀己的工具，因而難辭主觀之咎吧。翻閲他們的心血之作，這些復雜的狀況可以顯見，可以視之爲我們的一面鏡子。

滄海桑田，世事變幻，歷史的動盪和時代的遮蔽，使當年許多大師的一些極有價值的學術著作被棄於故紙堆中，不能不令人有遺珠之憾。爲此，山西人民出版社不惜以數年之艱辛，披沙瀝金，編輯出版這套近代名家散佚學術著作叢刊，凡一百二十册，計文學、史學、政治與法律、美學與文藝理論、民族風俗、宗教與哲學、經濟、語言文獻共八大類別。所選皆爲作者之純學術著作，無論是其見解、精神，抑或是其時代烙印，都是後輩學人可資借鑒的寶貴財富。他們出版這套叢書，意在讓世人不忘來程，知篳路藍縷之不易，爲民族文化的傳承再增薪木。

出版社的初衷，與我近年來所思所慮近似，故願略述淺見於書端，以與策劃者、編輯者和讀者共勉。

二〇一四年七月六日

改定於自安東回京途中

前言／猛回頭，那支支紅燭

——二十三種民國文學研究著作概覽

◇梁歸智

「視爾夢夢，天胡此醉？於時處處，人亦有言！」

此聯乃北京宣南（宣武門外舊城區）北半截胡同四十一號中「莽蒼蒼齋」楹聯。齋主何人乎？即戊戌變法失敗而捐軀之「六君子」中瀏楚譚嗣同字復生號壯飛者也。慈禧太后發動政變，逮捕維新黨人，友人勸譚嗣同逃避，他堅辭曰：「外國變法未有不流血者，中國變法流血請自嗣同始。」乃於一八九八年九月二十四日被捕，繼而遇害於菜市口。臨刑前仍大呼曰：「有心殺賊，無力回天；死得其所，快哉！快哉！」

自此而後，果然爲變法——改變社會制度而流血不止，一九一一年十月十日辛亥革命成功，中國歷史上最後一個封建王朝被推翻，一九一二年一月一日中華民國成立。然餘波未息，新瀾迭起，袁世凱竊國，張勛復辟，北洋軍閥混戰，國民黨軍北伐，中國共産黨成立，國共爭鋒，時而合作，時而破裂，日本入侵，八年抗戰，勝利後繼以三年内戰，終於以一九四九年十月一日建立中華人民共和國而告一大段落。

從一九一二年一月一日到一九四九年十月一日，凡三十八年，此即「民國」時段也。

三十八年過去，彈指一揮間。戰焰紛飛，生靈涂炭，歷史真是「相斫書」！而文明的燭火，點點簇簇，飄曳閃爍於如磐夜氣之中，雖遭暴風，遇疾雨，而終不熄不滅。其中最具象徵性的事件，乃一八九七年二月二十一日在上海成立之商務印書館，於一九三二年一月二十九日遭日本侵略軍針對性轟炸，占全國出版量百分之五十二的出版巨頭損失一千六百三十萬元，百分之八十以上資産被毁，其所屬東方圖書館同時被炸，四十五萬册圖書化作劫灰，其中有無數古籍善本、孤本！日軍侵滬司令鹽澤幸一狂吠：「炸毁閘北幾條街，一年半就可恢復，只有把商務印書館、東方圖書館這個中國最重要的文化機關焚毁了，牠則永遠不能恢復。」而劫難後的商務印書館，懸掛出「爲國難而犧牲，爲文化而奮鬥！」的巨幅標語，經半年即宣告復業，實現了「日出一書」的奇迹。

由於歷史演變的吊詭，民國時期的出版物，在一九四九年以後的中國大陸，大多數遭遇了被遺忘的命運，沉埋於少數圖書館的塵封角落。斗轉星移，時來運轉，二十一世紀進入了第二個十年，山西人民出版社推出這套叢書，遴選民國出版的若干學術精品，分學科編纂，蔚爲盛事大觀。此分卷是對中國文學（主要是古典文學）的研究，共二十三種。下面對這二十三種書籍作一個概覽性的介紹。

先看這些書的作者。生年不明者毋論外，出生最早的當屬韓柳文研究法的撰者林紓，他誕生於一八五二年（清文宗咸豐二年），卒於一九二四年（民國十三年——一九一二年爲中華民國元年）。出生最晚的是陶淵明批評的作者蕭望卿，誕生於一九一七年（民國六年）。這二十位作者中，一些是後來成爲大家的著名人物，林紓之外，有大學者徐珂、章太炎、陳寅恪、吕思勉、陸侃如、周貽白、趙景深，著名作家蕭乾等。此外的作者，則屬於有一定學術建樹或僅留下少量著述的文化人。

從作品看，這二十三種著作有某一種文學或某個人作品的分論，如詩經之女性的研究、曹子建詩的研究，也有某一長時段的文學史或文藝理論性質的概説，如清代詞學概論、中國戲劇小史。其中陸侃如三種，趙景深兩種；而陳寅恪和蕭望卿的兩種著作研究對象相同而又篇幅短小，合爲一册；陸侃如有兩種合爲一册。故，這裏一共有二十位作者的二十三種著述，却是二十一册文本。

分册介紹述評，是按照著作内容所關涉之中國文學史發展綫索的先後爲序？還是以研究者的情况或者書册的寫作出版先後爲序？却是一個頗讓人躊躇的問題。因爲近四十年的民國，正是中國社會從傳統向近現代激烈轉型的時段，不僅作者的思想認識，書册的觀點立場，而且連書寫的語言文風，都存在鮮明的古今遞嬗演變的痕迹。經考量，决定采取折衷的立場，即基本上按照文學史發展的脈絡綫索，先概説性著作，後專題性研究，同時顧及其他因素，將徐珂、林紓、章太炎的三種以文言文表述的著述放在最後予以推介月旦，也算是對横跨清王朝與民國兩代之文化先驅者的致敬。

中國文學小史，作者趙景深，生於一九〇二年，卒於一九八五年，主要以元雜劇、宋元南戲和古典小説的輯佚考證而名世，代表性著作爲曲論初探、宋元戲曲本事、宋元南戲考略、中國小説叢考等。這本中國文學小史是他二十多歲時的作品，上海的大光書局出版，後再版重印，達二十次之多。他於一九三六年寫「十九版序」，這樣説道：「十年前，我跟隨着新文學浪漫運動的巨潮向前推動，當時我充滿了熱情和詩趣，喜歡説一點帶有情感的話，喜歡像做詩一樣的寫文章。……也許讀者們這樣的愛讀這本小書，使牠達到十九版，清華大學入學考試且曾指定此書爲唯一的參考書，大約都是爲了牠使人讀起來不至於十分頭痛吧？」

以西方的學科意識而撰述「中國文學史」，二十世紀以始，共有數百本。第一本中國文學史爲何人所寫？或曰英國人，或曰日本人，或曰俄國人。中國人自己最早撰寫的中國文學史，一般認爲乃林傳甲一九〇四年撰中國文學史，黄人（黄摩西）亦於同年撰同名之書。林著是在當年之京師大學堂即後來之北京大學撰成，黄著是在當年之東吴大學即後來之蘇州大學撰成，歷史演變的軌迹斑斑俱在。趙景深的這本「小史」，名副其實，牠篇幅很小，如作者自表，「我只是寫一本中國文學的常識；或者，我是在説一個故事」。其特色不在學術含量的全備高深，而在簡略概約，蜻蜓點水，却時見談言微中；同時文風清麗活潑，很適於普及。

中國文學小史凡三十五節，第一節「緒論」，第二節「詩經」，第三節「屈原宋玉」，第三十四節「清代的詩文」，第三十五節「最近的中國文學」。從詩經、楚辭始，司馬相如和司馬遷，曹氏父子，陶淵明與謝靈運，唐詩，宋詞，元曲，明清的小說、傳奇和詩文，面面俱到，而最後一節，更有聞一多、汪静之等的詩歌，郁達夫、魯迅等的小説，田漢、丁西林等的戲劇，周作人、朱自清等的散文等。

比起今日的文學史經典著作，此書自然不可能在材料的全備準確和學理的系統精深方面争勝，但其特色也頗堪注目，即那時還没有後來的一些教條框架，因而一些説法能讓人眼前一亮，細想也頗堪玩味。如論到李白和杜甫的同異，這樣對比：

李白：南方化、仙品、出世、浪漫、受道家影響、才、情、樂自然；

杜甫：北方化、聖品、入世、寫實、本儒教見地、學、性、泣時事。

與後來的經典化定位大同小異，而更加言簡意賅，同時還有一些生動的表述，如這樣談論李白：「我們也曾想像到一個眸子炯然，腰束玉帶，身穿宫錦袍，在采石磯邊狂歌於船頭的詩人麽？這便是天才豪放的李白。」後面對李杜的「優劣」也一語到位：「李白是樂天的，杜甫是悲觀的。」「他們兩人作風如此不同，當然我們不能分出優劣來。」比起一九四九年以後幾部文學史的某些教條化論述，以及郭沫若的李白與杜甫之立場偏頗，民國時期學人的思想自由客觀公允躍然紙上。

詩經之女性的研究，謝晉青著。此書曾作爲商務印書館「國學小叢書」、「萬有文庫」而數次出版重印。謝氏生於一八九三年，卒於一九二三年，乃日本留學生、南社社員，另有譯著西洋倫理學史（原作者日本人三浦藤作）。詩經之女性的研究共十節，其實就是對十五國風裏的女性題材特别是愛情婚戀詩歌的思想與藝術分析評價。其「緒論」説：「我這次是想在詩經中，發掘古代婦女問題的，並不是做考據底工作，在意義方面，我們總以詩底本義爲歸宿；那些不可靠的誤解，我們一概不取。在藝術方面，我們總以普遍而真摯的平民主義爲歸宿，那些不自然的附會穿鑿，我們也一概排斥。」「結論」則總結説：「詩經底十五國風，原來存詩一百六十篇，其中經我認爲有關婦女問題的，共計八十五篇。這八十五（篇）詩，若再依性質來區别，那就是：最多的爲戀愛問題詩，其次即爲描寫女性美和女性生活之詩，再其次就是婚姻問題和失戀問題底作品了。爲什麽戀愛問題底作品，占最大的數目呢？這就因爲兩性問題，是在人類生活上，占最重要的地位底證據。」

此書的許多具體分析賞鑒相當細緻，頗能體現民國以來西方推崇女性張揚人性思潮對古典文學研究的影響，一九四九年以後中國文學史中的相關評述，傾向立場，實承其緒。

有關楚辭的著作，共選有兩種：陸侃如屈原與宋玉、何天行楚辭作於漢代考。

陸侃如，生於一九○三年，卒於一九七八年，是二十世紀五六十年代中國著名古典文學專家，他與夫人馮沅君合著之中國詩史是開創性的著作。此外撰有樂府古辭考、陸侃如古典文學論文集、中國文學史簡編、中國古典文學簡史，及與高亨合著楚辭選，與牟世金合著文心雕龍選譯、劉勰論創作、劉勰與文心雕龍等。屈原與宋玉是在他的處女作屈原、宋玉基礎上整合而成，却也算得上這一研究領域初具規模的「集大成」之作。書共六節：一、引論；二、屈原的生平；三、屈原的作品；四、宋玉的生平；五、宋玉的作品；六、餘論。最後列「參考書目」，自王逸楚辭章句、洪興祖楚辭補注、朱熹楚辭集注以下凡四十種。可以説，後來關於楚辭研究的許多重要問題都已經有所體現或涉及，算得上是此領域近現代研究的一册早期代表性著作。

楚辭作於漢代考的作者何天行生於一九一三年，卒於一九八六年，對浙江遠古文化——良渚文化的發掘考證有重要貢獻，出版有杭縣良渚鎮之石器與黑陶，是著名的考古學著作。楚辭作於漢代考受當時顧頡剛疑古學派的影響，論證楚辭各篇皆作於漢代，離騷的作者是淮南王劉安。這種觀點是楚辭研究中的一家之言，後來朱東潤也持相近觀點。楚辭作於漢代考的寫作曾受到蔡元培的鼓勵，完成於抗日戰爭發生前夕，作爲一種歷史痕迹，於楚辭學的演變具有參考價值。

漢代詞賦之發達，商務印書館一九三五年出版，其作者金秬香，生平待考，他另有駢文概論一書，爲商務「萬有文庫」第一集中叢書，則金氏乃當時知名文化人無疑。漢代詞賦之發達共十章，對漢賦作了比較全面的考察研究，其第一章「辭字之解釋」辨析「辭」與「詞」字義語源的來龍去脈，認爲「楚辭漢賦」中「辭」應作「詞」，故全書行文，皆稱「詞賦」。其後各章，對「賦字之定義」、「詞賦之源流」、「詞賦之作用」、「詞賦之分析」、「漢代詞賦之所由盛」、「漢代詞賦之所由衰」、「漢代詞賦發達之原因」、「漢代詞賦之種類」、「漢代詞賦之變遷」分別討論，漢代重要詞賦作家作品多已涉及，全書行文爲淺近文言。由於詞句多古僻，深入研討漢賦者歷來不多，此書可視爲漢賦研究的早期圭臬。

陸侃如樂府古辭考，完成於一九二五年，商務印書館一九三〇年出版，堪稱是對漢樂府研究的開山之作。共八章，依次爲：一、引言；二、郊廟歌；三、燕郊歌；四、舞曲；五、鼓吹曲；六、横吹曲；七、相和歌；八、清商曲。序例有云：「樂府是中國文學史上很重要的材料。但是研究起來，較詩經楚辭爲難，因爲没有適當的參考書。……近來研究詩經楚辭的人很多，但很少有人研究樂府的。這本小册子的問世，便是希望能引起讀者對於樂府的興趣，大家來作湛深的研究，使樂府的真價值不致永久的湮没。」雖是「小册子」，而能於漢樂府爬梳史料，清理源流，辨析考鑒，確有開闢之功，後來的研究者，實受其惠。

此册還另有陸侃如的一篇論文左思練都考，北京大學出版部一九四八年出版，乃對西晉詩人左思撰寫三都賦搆思十年的傳統説法提出异議，認爲「事實上三都賦的搆思恐怕超過二十年」，引證古籍，分析辯駁，是一篇專門的考證文章。

原廣州師範學院院長陳一百，生於一九〇九年，卒於一九九三年，是一位教育家。其所著曹子建詩研究於一九四〇年由上海三通書局出版，一九七一年香港大地出版社再版。書分上下篇，上篇包括曹植傳略、曹子建集的傳本考略、曹植詩歌的情感、後世諸家對曹植的評論；下篇兩部分，分别是曹植詩選讀和曹植樂府選讀，文末附有清代學者丁晏的魏陳思王年譜。此書也算對曹植其人其詩的一種早期研究的痕迹，可供後來者借鑒參考。

陶淵明之思想與清談之關係、陶淵明批評二書篇幅不大，故合爲一册。前者爲陳寅恪的一篇論文，燕京大學哈佛燕京社一九四五年出版；後者爲蕭望卿著，開明書店一九四七年出版。陳寅恪生於一八九〇年，卒於一九六九年，是名震遐邇的文史大師，毋庸多介。蕭望卿生於一九一七年，卒於二〇〇六年，曾先後於西南聯大和清華大學深造，並與聞一多、朱自清、沈從文等大家交往密切，一九四九年後任教於河北師範學院中文系，述而不作，僅有此陶淵明批評傳世。

陶淵明之思想與清談之關係不愧名家名作，條理清明，言簡義豐，實爲後世研陶之先驅。文章首先追溯從漢末、魏到晉的「清談」之風，「然則當時諸人名教與自然主張之互異即是自身政治立場之不同，乃實際問題，非止玄想而已」。「略述淵明之前魏晉以來清談發展演變之歷程既竟，兹方論淵明之思想，蓋必如是，乃可認識其特殊之見解，與思想史上之地位也。」再討論陶淵明與佛教徒慧遠等頗有交往，而其思想不染佛風，乃因爲「蓋其平生保持陶氏世傳之天師道信仰，雖服膺儒術，而不歸命釋迦也」。同時，陶淵明「自以曾祖晉世宰輔，恥復屈身異代」，他的「自然」思想，「與當日實際政治有關，不僅是抽象玄理無疑也」。

最後論定陶淵明作爲思想家的崇高地位：「淵明之思想爲承襲魏晉清談演變之結果及依據其家世信仰道教之自然説而創改之新自然説。……不似舊自然説之養此有形之生命，或別學神仙，惟求融合精神於運化之中，即與大自然爲一體。……故淵明之爲人實外儒而內道，捨釋迦而宗天師者也。推其造詣所極，殆與千年後之道教採取禪宗學説以改進其教義者，頗有近似之處。然則就其舊義革新，『孤明先發』而論，實爲吾國中古時代之大思想家，豈僅文學品節居古今之第一流，爲世所共知者而已哉！」

陶淵明批評共三章：陶淵明歷史的影像、陶淵明四言詩歌論、陶淵明五言詩的藝術。這本書是文學史角度的陶淵明專論，與陳寅恪的思想論合而觀之，可謂陶淵明的「全影」，一九四九年後陶淵明研究的輪廓理路，其實皆在其籠罩之下。

此書前有朱自清的序，言短義豐，對陶淵明批評的價值貢獻，可謂已經説盡。陶淵明「詩最少，可是各家議論最紛紜。考證方面且不提，只説批評一面，歷代的意見也够歧異够有趣的。本書『歷史的影像』一章頗能扼要的指出這種演變。在這紛紜的議論之下，要自出心裁獨創一見是很難的。但這是一個重新估定價值的時代，對於一切傳統，我們要重新加以分析和綜合，用這時代的語言，重新表現出來。本書批評陶詩，用的正是現代的語言，一鱗一爪的，雖然不是全豹，表現着陶詩給予現代的我們的影像。這就與從前人不同了。」「本書二三章專論陶詩的作風和藝術，不厭其詳。從前人論陶詩，以爲『質直』『平淡』，就不從這方面鑽研進去。但『質直』『平淡』，也有個所以然，不該含胡了事。本書詳人所略，便是這方面的努力。」「陶淵明的創獲是在五言詩。本書説『到他手裏，才是更廣泛的將日常生活詩化』，又説他『用比較接近説話的語言』，是很得要領的。」「歷來評論者推崇他的五言詩，因而也推崇他的四言詩，那是有所蔽的偏見。本書論四言詩一章，大膽的打破了這個偏見，分別詳盡的評價各篇的詩。」

陶淵明之思想與清談之關係用文言行文，簡潔清雅；陶淵明批評則是生動活潑的白話文，没有一九四九年後的八股教條氣味。今天的人閲讀起來，也感到很親切的。

唐代文學史，陳子展著。陳氏生於一八九八年，卒於一九九〇年，一九三三年起一直任教於復旦大學，以詩經直解、楚辭直解名世。唐代文學史於一九四四年由作家書屋（姚蓬子在上海開的書店）出版，一九四七年重印，共八章，分別是：一、説到唐代文學；二、初唐詩人；三、盛唐詩人；四、中唐詩人；五、晚唐詩人；六、古文運動；七、唐人小説；八、晚唐五代詞人。對整個唐代文學，作了梳理概述，篇幅不長，内容全面，可以視爲後來中國文學史唐代文學部分的早期代表作。其中的説法，今天看來自然不新鮮，放在當年的時代背景下，則頗可稱道。如論李白與杜甫的優劣：

> 可見一個肯自命爲狂者，一個不諱言爲腐儒。一個抱超世主義，源於道家思想；一個抱淑世主義，源於儒家思想。一個幻想超昇仙境，一個不忍離開君國。總之，他們的作品都是他們自己生命純真的表白。
>
> 大抵李杜於詩的手法上，一個側重自然，一個側重雕飾。風格上一個豪放飄逸，一個沈（即「沉」）鬱頓挫。各有各的價值，各有各的生命。

商務印書館「國學小叢書」有顧彭年杜甫詩裏的非戰思想，一九二八年出版，一九三三年重印，據作者序言，書完稿於一九二五年。商務印書館「萬有文庫」中又有顧氏現代歐美市制大綱一書，一九三〇年出版。此外知道他從事過新體詩的翻譯與創作，其餘生卒年和生平等則概不清楚。杜甫詩裏的非戰思想共五章加一個附録：一、緒言；二、杜甫傳；三、杜甫的時代；四、杜甫以前及他同時代的反對戰爭的思想與作品；五、杜甫詩的非戰思想；附録：杜甫時代重要之戰爭與叛亂年表。

杜甫爲「詩聖」，杜詩乃「詩史」，歷來研究繁夥。此書以「非戰思想」爲中心主題，表現出明顯的時代印記。如作者自序中所云：「迨江浙戰爭發生後，作者對於戰爭的惡魔的面龐益認識清楚，這位大詩人的非戰作品，也就愈加湧現在我的腦際了，但因戰爭的驚擾，屢次遷徙，心如蝴蝶，如浮萍，飄蕩無定，不克專心於此，直到逼近年節，始把牠修改好，字數已比初稿增加了一倍以上。」今日之杜甫研究成果已經汗牛充棟，而此册小書，仍於讀者開卷有益，在於戰爭之兇惡痛苦，人類仍未能完全消弭避免。而此書感同身受的寫法，就不僅是一本研究著作的影響了。其緒言末段的感慨最能傳達不以時代變遷而更改的情愫：「我們所處的時代與杜甫的時代有不少的地方相類似；環境的艱險比他的有過之無不及；我們的兄弟，所流的血泪，所受的凌辱與壓迫與騷擾，比他的時代的人更甚；但當今能代表時代的作品有幾？能真切的表現自己所處的環境的佳制有幾？具有完整，聖潔，毅勇，偉大的人格而爲民衆呼吁的詩人安在？」

唐人詩中所見當時婦女生活，作家書屋一九四七年出版。作者劉開榮，一九三五年考入金陵女子文理學院中文系，一九四一年畢業，一九四三年完成此書。劉開榮後來又去燕京大學歷史系深造，在陳寅恪指導下完成唐代小説研究，一九四七年商務印書館出版，一九五〇年再版，一九五三年三版，臺灣亦曾三次重版。

唐人詩中所見當時婦女生活書前除作者自序外，尚有華西大學華西週刊主編陳國樺序、陳中凡序及華西大學英文系外教費爾樸序。陳國樺序末署「（民國）三十二年二月十二日序於華西大學」；陳中凡序末署「民國三十二年一月二十五日」、「成都華西壩廣益學舍」，費爾樸序末署「一九四三年春」、「於四川成都」，而劉開榮自序末署「（民國）三十二年一月二十二日於華西壩」，是則其時劉開榮與陳中凡俱任教於華西大學。書之正文共九章：一、引論；二、勞動婦女（上）；三、勞動婦女（下）；四、民間一般婦女的日常生活；五、民間一般婦女的精神生活；六、妓女生活；七、宮庭婦女及貴族婦女生活；八、女冠子生活；九、結論。

陳國樺序有云：「處在中國抗建（即抗戰與建設——引者）的現階段，如欲建設新中國，必須動員二萬萬多女同胞的力量，共同參與偉大的建設工作。著者劉開榮君寫成此書，實無异提出婦女解放的問題，請大家重新加以嚴肅的考慮，因爲唐代的婦女生活，又何異於現代的婦女生活呢？」

陳中凡序則説：「我以爲此文可以作爲唐代婦女史看。因爲我國古代史家專紀帝王名臣的史績，至今中國史書有帝王家譜之譏。社會上廣大群衆反被擯於史書領域以外，真是憾事。今讀此文，方知道史家所忽略的東西，詩人乃一唱三歎，反復申詠。只要後人加以探討，就可以把當日被壓迫的一般婦女實際情形，畢露無遺。」

費爾樸序（英文，劉開榮譯成漢語）贊美：「本書作者劉開榮女士，本人會詩，也善爲富有詩意的散文，可以説是給近代的文學寶庫添上了一幅生動的圖畫——一幅女人的美麗的夢景。『唐代的光榮』不但包括有金漆的畫棟和迴廊，光彩奪目的瓷器，以及吳道子的山水名畫，并且有琳琅滿目的辭林文苑，裏面活躍地呈現着宮庭裏莊嚴的婦女，也舞動着詩人們生花的筆尖。」

劉開榮的自序中則如是說：「本書的目的，不是要研究某一人某一事，而是要像一個攝影專家，把唐人詩中所反映的當時婦女生活的斷片，一一剪下來，拚在一起，使人一看便可得到一個個鳥瞰。所以凡能對當時的婦女生活，給一綫光明或一絲暗示的詩料，作者都不肯割捨。尤其關於佔有人精神生活一大部份的兩性間的言情談愛的記載，作者更要把它赤裸裸地呈現在讀者的面前，讓讀者進到他們的精神世界裏面去，不再襲用以往的成見，把君臣的關係拉扯上去，加以牽强附會的解釋了。」

可見這册書，無論作者與評者，都更注重其對「新婦女觀」的弘揚，而於唐代文學研究的價值反而在其次。劉開榮身爲女性，於有關女性的詩作更容易心有戚戚焉。這自然也受當日西學日漸張揚女權等社會情境、時代風氣和思潮的影響。今日的讀者，則更注重其學術層面的價值。如陳汝潔說：「有人説劉開榮的這本書實踐了陳寅恪先生的『以詩證史』的思想，我仔細讀了之後，覺得劉著與陳寅恪先生的元白詩箋證稿相比，還是差別較大的。陳著箋釋元白詩，往往證之以史籍，能使人明了詩中所寫何者爲史實何者爲虛構。在陳來說，『以詩證史』又何嘗不是『以史證詩』。而通過『以史證詩』所揭示出的元白詩中的今典，對讀者理解元白詩具有重要作用。以注釋來說，能注出今典比注明古典難度要大。寅恪先生在元白詩箋證稿中揭示了大量今典，因難能而可貴。而劉著在全書中很少涉及當時的史籍，所以讀後讓人覺得是她從全唐詩中分類披檢關乎婦女詩作，費了不少工夫而欠了一點功力，無法望陳著項背。但劉著是一部有趣的書，她把唐詩中關於婦女的詩作檢索、排比出來，讓人知道唐詩中的這一類。倘若她能够進一步讓讀者知道詩中所寫的這些婦女生活，哪些合於唐代史實哪些是詩人虛構，那該多好！不過，從書名來看，她大約認定唐代詩歌中所寫即是當時社會中所有，真的嗎？我認爲這需要證明。」

清代婦女文學史，一九二七年二月中華書局初版，一九三二年十二月再版，共十七萬五千字。作者梁乙真，河北獲鹿人，生於一九〇〇年，一九二五年後就讀於上海南方大學，卒年及生平不詳。除清代婦女文學史外，尚著有中國文學史話、中國民族文學史、中國婦女文學史和元明散曲小史。

清代婦女文學史共列舉了漢、滿閨閣名媛、娼門、女冠、難女、乞丐女性作者三百餘人。內容目録爲：第一編明清兩朝婦女之極盛時期；第二編清代婦女文學之極盛時期（上）；第三編清代婦女文學之極盛時期（下）；第四編清代婦女文學之衰落時期；第五編清代婦女文學雜述。

書前有王蘊章序、王燦芝序和自序，書末附録清代婦女著作家表及人名索引。此書受謝無量中國婦女文學史啓發和影響，但後來居上。王蘊章和王燦芝都給予較高評價。當代女性文學研究者也頗加青目，評論其重視女性張揚女權的思想意義高於文學史意義。所謂二十世紀三部女性文學史梁乙真居其二。

宋代文學，呂思勉著。呂氏生於一八八四年，卒於一九五七年，是著名歷史學家，其中國通史、秦漢史、讀史札記等都是史學名著。這册宋代文學一九二九年由商務印書館出版，共六章，分别是：一、概説；二、宋代之古文；三、宋代之駢文；四、宋代之詩；五、宋代之詞曲；六、宋代之小説。

此書行文用淺近文言，梳理宋代各體文學的代表作家、演變發展脈絡相當全面，可視爲宋代文學史的早期代表作。其觀點議論，具有二十世紀早期的清明樸實，非如後來受各種所謂「範式」拘限者。如論三蘇之文：蘇洵「筆力堅勁，自以老泉爲最。然老泉好縱横家言，恒以權譎自喜，而其言實不可用。故其議論，多有不中理者」。蘇軾「則見解較老泉爲高。雖亦不脱縱横之習，然絶去作用處，時或近於道家。非如老泉一味以權術自矜也。尤妙在能以明顯之筆達之。晚年文字，則心手相忘，獨立千載」。蘇轍「氣象不如其父兄之雄奇；才思横溢，亦非乃兄之敵。然議論在三家中最爲平正，文亦較有夷然澹蕩之致，則亦非父兄所能也」。宋代文學專設駢文一章，也是後來的文學史一般所忽略的。

中國詞史大綱，胡雲翼著。胡氏生於一九〇六年，卒於一九六五年，曾於中學、大學任教，後爲上海中華書局、商務印書館編輯，於唐宋詩詞研究深湛，有宋詞研究、宋詩研究、宋詞選、唐詩研究等著作行世，影響頗大。中國詞史大綱，北新書局（創立於北京，後遷上海）一九三五年出版。此書分兩編，第一編爲「唐五代詞」，共九章，第二編爲「北宋詞」，共十四章，共録詞人凡五十七家。

此書爲近代意義上對詞這一形式溯波追源之較早學術著作，也可以說是研究宋詞的早期經典。其論詞與詩之區別云：「長短句的歌詞在文人的社會裏確立以後，牠的發展漸漸地把不甚協樂的律絶詩壓倒了。我們看樂曲裏面的長命女、烏夜啼、漁夫詞、長相思、江南春、步虛詞、鳳歸雲、離别難、金縷曲、水調歌、白苧等調，最初都是用五七言絶句歌詞，後來都改用長短句的歌詞了。中唐詩人還有寫律絶詩給樂工伶妓們去唱，到晚唐竟失掉歌詩之法，只有長短句的歌詞了。這不顯明的是：長短句的歌詞藉着在音樂上的便利，把整整的歌詩打倒了嗎？」詞的興盛在音樂這一歷史的核心問題，如此明白曉暢地揭示了出來。

詞的歷史分期，此後的文學史，都以中國詞史大綱的説法爲準，如北宋詞的演變：「歷史的發展，則可分爲四個時期：第一個時期是小詞的時期，以晏殊、歐陽修、晏幾道諸人爲主幹；第二個時期是慢詞的時期，以柳永、秦觀諸人爲主幹；第三個時期是詩人的詞的時期，以蘇軾、黄庭堅諸人爲主幹；第四個時期是樂府詞復興的時期，以周邦彦、李清照諸人爲主幹。」與後來的文學史相較，中國詞史大綱没有「婉約派」「局限於個人趣味」「豪放派」「關注國家社會」「積極入世」一類意識形態評論語言，更顯學術性的單純。

趙景深著宋元戲文本事，北新書局一九三四年出版，但其完成於一九二三年六月。這是對宋元南戲研究的筆路藍縷之作，其開闢之功永耀史册。作者在自序中説：「這一本小書的目的是想把已佚的宋元戲文輯録出來，作爲研讀中國文學的一個參考；爲了恐怕專載佚文太枯燥，斷簡殘篇湊在一起也令人有丈二金剛之感，於是也附一點本事，把殘文貫串起來，使得讀者看這一本書不像是摹（即『摩』）挲古董，而像是在讀幾篇很有趣味的短篇小說。」

書共九章，輯自南九宮譜、新編南九宮詞、雍熙樂府、九宮大成南北詞宮譜，內容包括：一、王焕和王魁；二、陳巡檢梅嶺失妻；三、四種戀愛戲文；四、王祥卧冰；五、黄周兩孝子；六、江流和尚；七、僅存三五曲的元代戲文；八、僅存兩曲的元代戲文；九、僅存一曲的元代戲文。

中國戲劇小史，周貽白著。周氏生於一九〇〇年，卒於一九七七年，是著名中國戲曲史家和中國戲曲理論家，還曾經創作並演出話劇作品三十部上下。他首先提出並詳細論證中國戲曲的三大聲腔源流——崑曲、弋陽腔和梆子腔，厥功甚偉。他於一九三六年出版中國戲劇史略和中國劇場史（商務印書館），中國戲劇小史乃在前二書基礎上再加補充修訂，於一九四六年由上海的永祥印書館印出。後來又出版中國戲劇史（一九五三）、中國戲劇史講座（一九五八）、中國戲劇史長編（一九六〇），以及遺著中國戲劇發展史綱要（一九七九），都是以中國戲劇小史爲基礎的。

中國戲劇小史共八章：一、中國戲劇的形成；二、唐宋的戲劇；三、南戲與北劇；四、明代戲劇的概況；五、崑曲與亂彈；六、皮黄劇的勃興；七、文明戲與話劇；八、中國戲劇前途的展望。今天的讀者，要了解中國戲劇發展的歷史，當然有後來居上者的書可讀，但前驅者的貢獻也是不容抹殺的。中國戲劇小史的意義就在這裏。

中國小說的起源及其演變，正中書局（陳果夫一九三一年創立於南京）一九三四年出版，作者胡懷琛。胡氏生於一八八六年，卒於一九三八年，一九三二年被聘爲上海市通志館編纂。他搜集整理一批上海地方史志珍貴資料，卓有貢獻。其藏書以詩文集和課本爲特色，如三字經、百家姓、千字文、千家詩等，收集齊全，劉鶚稱其爲「三百千千」。收集外文書籍和少數民族作者的漢文詩集一千餘種，可惜其藏書在抗戰時多半被日寇炸毀。一九四〇年，其子胡道静將殘餘之書捐獻給了震旦大學。

中國小説的起源及其演變共六章：一、本書説到的範圍；二、小説的起源及小説二字在中國文學上的涵義之變遷；三、中國小説「形」的方面的演變；四、中國小説「質」的方面的演變；五、現代小説；六、研究中國小説參考的書目。第一章開宗明義：「本書所講的，只有兩件事情如下：（一）是中國小説的起源，與小説二字涵義的變遷。（二）是中國小説的演變，並現代小説的標準。」

研究小説者歷來推崇魯迅的中國小説史略和胡適的中國章回小説考證，那自然是開山的典範之作。其後錢静芳小説叢考、蔣瑞藻小説考證等也都功力深湛，卓然有成。本書算得上是一册史論相結合的小説研究著作，在中國小説研究的歷史進程中，雖然不如上述幾種著作那麽經典，却也有其歷史的價值和意義，從「可讀性」來説，則更占優勢。如此書説到中國小説的歷史變化，通俗易懂而能切中肯綮：「由古代的傳説在口上，演變成寫在紙上，這是一變。宋代的説話勃興，這是第二變。宋人的話本，由説給人家聽的，變爲直接給人家看的，這是第三變。紅樓夢、儒林外史等，只是寫的，不是説的，這是第四變。然而『説』和『寫』，仍是同時候存在的，决不是變成後者，前者就消滅了。只不過互有盛衰而已。」

此外説到的一些情況，也頗能讓我們對於歷史的演變，有一種親切的感知。如：「在民國前一二年，有周作人譯的域外小説集，是用文言譯西洋的短篇小説。不過是大失敗了。這失敗並非域外小説集自身不高明，只是和那時候的讀者程度相差太遠。第一不歡喜讀這種無頭無尾的短篇小説，第二不歡喜讀平淡無奇的故事，第三不歡喜這種比較生硬而樸質的文言。結果，這部書當時幾乎沒有人知道。」

書評研究，商務印書館一九三五年出版。作者蕭乾生於一九一〇年，卒於一九九九年，是著名翻譯家、作家、富有傳奇色彩的二戰記者，畢業於燕京大學新聞系，後去英國劍橋大學任教並讀碩士學位，一九四三年領取了隨軍記者證，正式成爲大公報的駐外記者，也是二戰時期歐洲戰場的唯一中國記者，一九九五年中國作家協會授予其「抗戰勝利者作家紀念碑」榮譽。三百二十萬字的蕭乾文集包括小説、散文、特寫、回憶録等，譯作莎士比亞戲劇故事集、好兵帥克以及與夫人文潔若合譯的尤利西斯等更是影響巨大久遠。

隨着近現代出版業的發展，書評也逐漸增多，但對這種新型的文學批評樣式作正式的研究，書評研究可以説是拓荒之作。書共八章：一、序論；二、書評家；三、閲讀的藝術；四、批評的基準；五、批評的藝術；六、書評的寫作；七、書評與讀書界；八、附録。此書的核心思想是，書評是有益於社會的嚴肅工作，書評家是具有特殊身份的知識者，代表讀者的鑒定者，文化生産的監督人，而不是庸俗、獻媚的商業廣告商。如：「一切批評都必須基於清澄的理解。批評的公允實即理解深澈的反映。」「書評家寧可改業廣告，永不可用批評的地位作兜售的營生。」「對讀者他服務，却也不侍奉如奴隸。他把讀者看成智力的平等者。他並不武斷地强迫讀者接受他的意見，也不賣弄學問如一塾師。讀者的好惡是受風氣支配的，但他不追隨那風氣，他不固執，却有信仰。」無疑，即使在今天，書評研究仍然有牠的現實針對性和意義。

清代詞學概論，上海大東書局一九二六年出版。其作者徐珂生於一八六九年，卒於一九二八年，爲光緒舉人，袁世凱天津小站練兵時的幕僚，一九〇一年任上海外交報、東方雜誌編輯，後爲商務印書館編輯，其所編纂的清稗類鈔是享譽學林的文史巨著。

清代詞學概論共七章：一、總論；二、派別；三、選本；四、評語；五、詞譜；六、詞韵；七、詞話。作者雖入民國，而其傳統文化教養的底色，濃郁深厚，迥非後來人可比。故此書行文，爲優美洗練的文言，而其對清詞演變脈絡的勾勒，代表性詞人的品評，乃至資料的選録等，都有「個中人」的真知灼見，可謂言簡意賅，高屋建瓴，非後來研究者搬弄西洋「範式」敷衍成文者可及。無疑，此書可列入「學術經典」的行列，不像本選集大多數作品具「過渡轉型」之身份色彩也。

如清代詞學概論評騭「清初之詞」的代表作家，「最著者」爲朱彝尊、陳維崧，「兩人並世齊名」，而前者「情深，所作詞高秀超詣，綿密精美，其蔽爲餖飣」；後者「筆重，所作詞天才艷發，辭鋒橫溢，其蔽爲粗率」；「繼之而起名重一時者，實惟納蘭容若。門第才華，直越北宋之晏小山而上之，其詞纏綿婉約，能極其致，南唐墜緒，絶而復續」。再如説清詞之派別：「有清一代之詞，有二大別：一浙派，一常州派，亦猶散體文之有桐城陽湖二派也。」這些基本的定位，都成了後來各種文學史、清詞史祖述的圭臬。再如書中説到「才人之詞」、「學人之詞」、「詞人之詞」的三分法，也直搗黄龍，揭示本質，對後世影響深遠。

韓柳文研究法著者林紓生於一八五二年，卒於一九二四年，堪稱是一位清末民初的文化奇人。他是桐城派散文的殿軍，一點不懂西洋語言文字，僅憑聽人口述，把一百八十多種西方小説翻譯成漢語，成爲向古老中國介紹西方文學的開山人。「林譯小説」，曾經是好幾代人的最愛，用文言表述的漢譯西方小説，成了中西文化交流史上一道奇异的瑰彩。

韓柳文研究法亦是文言文著作，對韓愈和柳宗元的多篇古文逐一評論，細緻深入，作者所持觀點立場，則完全是傳統的儒家思想體系和桐城派衡文的法眼，完全不見西學影響的痕迹。此亦可見所謂民國時段之文化形態，新舊雜陳，多元豐富也。

前有馬其昶（一八五五——一九三〇）短序，馬氏乃桐城派後勁，清史稿之「儒林」、「文苑」卷總纂。其序説與林紓「同客京師，一見相傾倒，别三年，再晤，陵谷遷變矣。而先生著書談文如故，一日出所謂韓柳文研究法見示」。所謂「陵谷遷變」，即指清朝滅亡而民國建立，韓柳文研究法於一九一四年由商務印書館出版，則此書或峻稿於清季。馬其昶贊美林紓「於史漢及唐宋大家文，誦之數十年，説其義，玩其辭，醰醰乎其有味也」。林紓於韓愈、柳宗元的古文沉浸涵泳，所謂「韓氏之文，不佞讀之二十有五年」，則其所得所會，自然和後來接受了西方文藝思想的研究者，無真賞而僅「分析批判」所見大爲不同。

如林紓這樣評析韓愈的文章寫作技巧：「韓氏之能，能詳人之所略，又略人之所詳。常人恒設之籬樊，學韓則障礙爲之空。常人流滑之口吻，學韓則結習爲之除。漢所謂摧陷廓清者，或在是也。」「韓文能抑絶掩蔽，不使自露。不佞久乃覺之。……不善學者，往往因蔽而晦，累掩而澀。……所難者，能於掩蔽中，有淵然之光、蒼然之色，所以成爲昌黎耳。」

再如評柳宗元：「柳州段太尉逸事狀，與昌黎張中丞傳後叙，均洋洋有生氣，亦皆良史之才也。不佞甚惜柳州不爲史官，其寫忠義慷慨處，氣壯而語醇，力偉而光斂，可稱極筆。」「若公在永州，一荒昧不辟之區，必待糞除，其勝始出。是永州之勝，均係諸公之一言。則非極力描摹，山容水態，亦不易流傳於藝苑。集中諸文皆佳，而山水之記，尤爲精絶，雖大同小异，然各有經營。韓公猶望而却步，何論其他。」

文學論略，章太炎著。章太炎生於一八六九年，卒於一九三六年，太炎是號，名炳麟，在小學（語言文字學）、歷史、哲學、政治方面都有卓越貢獻，乃近代的國學大師。我的業師姚奠中先生是章先生最後招收的研究生之一，把對文學論略的評介作爲這一個系列學術著作的「收官」，格外具有意味。

文學論略首發於一九〇五年的四川學報（未完），一九二五年上海的群衆圖書公司出版，一九二六年再版，後來又成爲國故論衡的一部分。文學論略前面有胡適的一篇序，其中的一些話很有意味：

這五十年是中國古文學的結束時期。做這個大結束的人物，很不容易得。恰好有一個章炳麟，真可算是古文學很光榮的結局了。章炳麟是清代學術史的押陣大將，但他又是一個文學家。

他是能實行不分文辭與學説的人，故他講學説理的文章都很有文學的價值。

但他究竟是一個復古的文家。他的復古主義雖能「言之成理」，究竟是一種反背時勢的運動。

總而言之，章炳麟的古文學是五十年來的第一作家，這是無可疑的。但他的成績只够替古文學做一個很光榮的下場，仍舊不能救古文學的必死之症，仍舊不能做到那「取千年朽蠹之餘，反之正則」的盛業。他的弟子也不少，但他的文章却没有傳人。

文學論略開宗明義：「何以謂之文學？以有文字，著於竹帛，故謂之文；論其法式，謂之文學。凡文理，文字，文詞，皆謂之文；而言其采色之焕發，則謂之彣（讀『文』，文采之意）」。這裏的核心思想，即文、史、哲不作絶對區分的「文學」觀念。而這一點，正是中國文化的根蒂，與西方講究分科别類的「科學」文藝學大異其趣。從表面看來，如胡適所批評，章太炎的這種文學觀是「復古主義」，「反背時勢」。胡適在序言結尾説：「章炳麟在文學上的成績與失敗，都給我們一個教訓。他的成績使我們知道文學須有學問與論理做底子，他的失敗使我們知道中國文學的改革須向前進，不可回頭去。」

以五四新文化運動爲起始標誌的「白話文」運動，正是沿着胡適的主張發展前行的，魯迅的「拿來主義」主張也主宰了整個二十世紀的中國文學和文化的走向。我們所評介的民國學術著作，絶大多數也體現了這個方向和主旨。但問題並不是單一的，歷史也是復雜的，如今我們回顧反思，在肯定胡適所説「改革必須向前，不可以回頭去」的歷史合理性一面的同時，也必須正視章太炎的文學主張，蕴含有更深層的中國傳統文化之精義奥旨，而且隨着人類文化在二十一世紀出現的困境，越來越具有啓示意義。單從對文學的認識來説，章太炎標榜的文、史、哲大會通的中國傳統文化的根本立場，也是有其文化深刻性和現實針對性的。

因此，對民國長達四十年時段的學術著作及其體現的思想方向，也不能簡單化地對待，忽視其所體現的歷史走向必然性與新價值的合理性是不對的，過分拔高推崇也有所偏頗。畢竟，那是一個「過渡」、「轉型」的時期，其多數學術文化著作也必然帶有「過渡」、「轉型」的色彩，是「進行時」和「未完成時」，距離「經典」尚有距離。從戊戌變法到辛亥革命到五四運動，一直到一九四九年，泛民國時段（包括其醖釀鋪墊時期）之中國現代化歷程從肇始而前行，歷經曲折，其激烈變化之歷史空隙中艱難産生的學術文化，有其大膽引進勇敢開拓而攝人心魄的一面，也有其嘗試而稚嫩、外來與傳統磨合不甚相契的一面。近世之社會轉型文化轉型乃大勢所趨，民國的學人們做出了艱苦的努力和卓越的貢獻，如何能在吸取世界其他文明滋育的同時，又能使中國傳統文化精粹得以恢弘發揚，再造輝煌，此正民國以來直至今日，中國知識界文化界苦苦思索探尋而歷久彌新之時代課題！

正是在這個意義上，民國的學術著作，這些體現了當日中國文化精英思考、研究、探索中國的社會與國家之現代化轉型的成果，其中的材料等或已經是舊痕陳迹，而其所思考的問題，所探索的思路，所提出的設想，以及這些著作本身的種種成就和不足，對於今天的中國現實，仍然具有攻錯借鑒的意義。他山之石，可以攻玉，何況此本非他山之石，正我山自有之石乎！

欲滅其國族，必先滅其文史。民族的歷史，特别是文化史、思想史、學術史，誠乃一國一族之精魂慧命之所在所基。當年日本侵略者之所以轟炸商務印書館與東方圖書館者，正深諳此理也。而商務印書館鳳凰涅槃浴火重生之艱苦奮鬥，亦未稍懈於斯。

民國語文，也在「轉型」途程中，這些學術著作的文風，大多是一種「尚存文言痕迹的白話文」。今天的青年讀者閲讀起來，也許會有异様的感覺，但也可謂别具一種風味。而此二十三種著作的作者，絶大多數爲南方人，如浙江、江蘇、湖南、福建等省份，這些著作又大都在上海出版，由此亦可見民國時期文化發展的大情勢。這二十三種著作的二十位作者，當其撰寫著作之時，應該説彼此質素、學養都相差不遠，而其後之發展結局，則有的著作等身成爲大家大師，有的則後勁不足而逐漸湮滅少聞，固然各人機遇運會不同，而個人心志的堅持和努力之有無强弱，無疑是最主要的因素。對今日之學人特别是青年，不也很有啓發意義嗎？

潛入歷史的塵霾中排沙簡金，而選擇出此二十三册著作，並非筆者所爲，因而對此種簡選是否即能代表民國時期文學研究的大體大略，實亦不敢斷言，滄海遺珠或在所難免。而忝膺爲此編叢書作序的重任，惶恐之意，自不待言，管窺蠡測，亂彈胡侃，尚祈盼海内外方家不吝指教。但披閲這些先賢的著述，恰如驀然回首，向幽深的夜，重新點燃支支老紅燭。「紅燭啊！是誰制的蠟——給你軀體？是誰點的火——點着靈魂？」（聞一多《紅燭》）

點點燭光，明輝熠熠，回顧往昔，瞻望將來，道一聲：願我們的中國，鑒古灼今，發揚傳統精華，吸取五洲營養，漸進改革，持續開放，醒獅昂首，闊步奮行，前程佳美！

二〇一四年四月一日於大連

作者簡介

胡懷琛（一八八六年—一九三八年），涇縣溪頭村人。胡懷琛先後在中國公學、滬江、持志等大學及正風學院擔任教授，授中國文學史、中國哲學史等課，民國二十一年受聘于上海通志館任編纂。在任教與編輯業餘期間又勤于選編、撰寫、著述，涉及文學史、哲學、經學、佛學、考據學、地方志、詩歌、小説、傳記、評論、雜記等，門類廣博，存目多達一百五十二種，約一千五百餘萬字。

中國小說的起源及其演變目錄

中國小說的起源及其演變

第一章　本書所說到的範圍

關於中國小說的問題，範圍很是廣泛，凡是關於小說的各項事情，無不包括在內。但是，現在本書所講的，只有兩件事情如下：

(一)是中國小說的起源，並小說二字涵義的變遷。

(二)是中國小說的演變，並現代小說的標準。

第二章　小說的起源及小說兩字在中國文學上涵義之變遷

這裏分兩層講：(一)是小說的起源，(二)小說二字在中國文學上涵義之變遷。現在先講第一層：小說的根源不外是下面幾種。後來的小說，無非是根據這幾種東西綜合演變出來的。

(一)民間傳說

(二)神話

(三)史話

(四)時事

以上四種東西，都是小說的根源。在最早的時候，他並沒有經過文人的手，並沒有寫在書本上，只是流傳在民衆口上；田夫，野老，鄉婦，村童，閒着沒事時，都喜歡隨口說一些。講他是小說，却又不能算是小說；講他不是小說，而後來的小說又無非是從此產生出來的。所以我們認他們是小說的根源，而不認他們是完備的小說。

以上四種小說的根源，都是產生於民間的。此外再有一種，不是產生於民間，是產生於文人階級的口頭或筆下的，這就是寓言，所以我們將寓言和前面的民間傳說等總計，共有五種：

(一)民間傳說
(二)神話
(三)史話
(四)時事
(五)寓言

現在再分別說說如下：

（一）民間傳說　民間傳說產生得很早。不過是流傳在民衆口上，沒有寫在書本子上，尤其是在中國，寫在書本上是很遲很遲的。照一般的見解，都以爲直到最近五六年來，才有人注意從民衆口上聽來，把他寫在書本上。如呆女壻的故事，巧舌婦的故事等，都是民間傳說中最著名的作品。這一類的故事，雖然是流傳得很廣，但究竟產生於甚麼時候，我們不能知道。

然而據我所知，在漢代已經有人記載這一類的傳說，不過記得極簡單。在晉代，唐代，也有人記載這一類的傳說，比較的繁複一點，不過是用文言寫的，和現代用白話寫的不同罷了。漢代人所記載的傳說，有一個如下：

有個癡人，得到一個祕密方法。說是螳螂捕蟬時所用以遮蔽自身的樹葉，是極寶貴的，人們得到了這個樹葉，拿在手裏，就可以遮蔽自身，叫人家看不見。那就可以任意偸竊人家的東西了。這種祕方，不過是如此說說罷了，那裏眞有效驗呢！不過這個癡人卻信以爲眞。一天，他恰好看見螳螂捕蟬時遮身的樹葉，他歡喜極了，就把那樹葉摘下來、卻不料失手落在地上，地上堆積的落葉很多，他認不出那一片爲是，就逐片的拾起來，拿在手裏，問他的妻道：「你看見我麼？」他的妻總是囘答道：「看得見。看得見。」卻是這癡人不怕厭煩，他還一片一片的拾起來問，等到後來，他的妻覺得可厭極了，就隨口答道：「我看不見你。」癡人大喜，以爲這一片一定是螳螂遮身的樹葉了。他就拿在手裏，跑到街上去，偸人家的東西，以爲人家看不見他。結果是東西沒有偸着，他卻被人家捉住了。（原是文言今改爲白話以下皆同）

漢代人所記載的傳說，又有一個如下：

有個癡人，要寫一份公文，不知道如何寫法？他就去請教旁人。旁人道：「公文有一定的寫法」。於是就檢了一份給癡人，說：「你照這個樣子寫就是了」。癡人回去，就照樣謄寫，連那公文上的具名也照謄了上去。

這兩段記載，很像後來所流行的民間傳說；不過太簡單一點罷了。晉代人所記載的傳說，有一部干寶作的搜神記。裏面記得很多。不過搜神記已有很重的神話的色彩，我們放在後面神話一節裏去講，這裏暫不多說。

唐代人所記載的傳說，有兩個很和現在所流行的傳說相近。其中一個，我們可稱他做「鄉下親家母的故事」。又一個，可稱他做「聰明女婿的故事」。現在用白話文把這兩個故事敘述如下：

鄉下親家母的故事

從前有兩親家母：一個姓田，一個姓張。姓田的住在鄉下，性情很忠厚；姓張的住在城裏，性情比較的輕薄些。那姓張的親家母常常備了很好的酒席，請姓田的老太太到她家裏去吃飯。

這位田老太太因爲年紀太大了，滿口的牙齒都落完了，但是身體還很康健，食量也不算不好。

有一次，張家請田老太太去吃飯，飯吃完了，辭別歸家的時候，姓張的親家母說：「我很抱歉！沒有甚麼東西供親家母吃，累得親家母空口來，空口去。」

再有一天，張家又請田老太太吃飯，飯吃完了，姓張的親家母又是這樣的說，一個字也不改。從此每次都是如此。田老太太覺得有些奇怪了，她囘到家裏時，就把這話告訴她的丈夫，說道：「不知張家太太是甚麼意思，他總是這樣的說，我空口來，空口去。」他的丈夫道：「你太老實了。張家太太這樣的說，是笑你的，是笑你沒有牙齒。但是不要緊。後來他再這樣的說時，你就可以報復她。這是你知道的：張家太太的眼睛有風病，眼皮動得很急。將來她如再說你「空口來，空口去；」你就囘答道：「只因眼前有急事」田老太太聽了這話，就把牠記在心裏。

過了許多時候，張家又請田老太太吃飯。吃完了，田老太太辭別歸家時，張家太太照舊說道：「我很抱歉！沒有甚麼東西供親家母吃，累得親家母空口來，空口去」。田老太太正想把丈夫教她的話說出來回答，卻是一時忘記如何說法；想了半天，纔說道：「只因親家母的眼皮動個不停」

那時聽見這話的人，個個大笑。

聰明女壻的故事

從前有個人，把他的女兒嫁給山東人。那時候，人家都說山東人是聰明的。這位丈人不知道他的女壻到底聰明不聰明，就想試他一試。

那女壻初去見丈人的那天，丈人備了一席酒請他，正在席上飲酒時，丈人就發問道：「聞說山東人聰明，無所不知。今有幾件事，賢壻可知道麼？」

女壻道：「請問是甚麽事」？丈人道：「鴻雁爲甚麽善鳴？」女壻道：「這是天意」。丈人又問道：「松柏爲甚麽冬青」？女壻道：「這是天意」。丈人又問道：「路旁樹木爲甚麽皮破」？女壻道：「這也是天意」。

丈人很不快活的說道：「誰說山東人聰明？連這幾件事都不知道。鴻雁善鳴，乃是頸項長。松柏冬青，乃是心中強。路旁樹木皮破，乃是被車擦傷。」

女壻道：「照我所見，不一定是如此。蛙蟆也善鳴，難道是頸項長？竹也冬青，難道是心中強？」女壻說到這裏，再看一看，恰看見丈母面上生着瘤。皮破了，他就接着說道：「丈母面上皮破，難道是被車擦傷？」

丈人看見女壻這樣的聰明，他就非常的快樂。

這種傳說，能充份的表現民衆的生活，及民衆的心理。他的本身有很大的價値。後來被作小說的人拿去做材料，也有相當的價値。不過在中國的小說裏，採用這種民間傳說的不多，惟一的原因，就是中國小說

作者太文人化了，以爲這些材料太俗，屏除不取。像上面所述的幾條，已經是很少的了，

(二)神話　各民族都有各民族的神話。中國也當然不能在此例之外。中國的神話見於記載中，比較早的，有「后羿射日」，「嫦娥奔月」等故事。而最早的集神話之大成的書，就是搜神記，搜神記爲晉人干寶撰。但今日通行的二十卷本搜神記，已非干寶原文。究竟這部書是極有價值的中國的神話專書。因爲他中間所收的神話，大半能保存原始的樣子，而沒經過文人化。(用文言寫另是一個問題)據我所知道的，其中有幾個，到現在還是很普遍的流傳在民衆口上。如其中蠶的起源的神話，大約說：

在太古時候，有個軍官，出征去了。他的妻女同居家中。軍官久不回來。他妻就說

道：「有那個尋了我的丈夫囘來，我就把女兒嫁給他」。他家裏養的一匹馬，聽見了這話，就跑到軍官所在的地方，尋到了軍官，悲鳴不已。軍官知道家裏有事，立刻騎在馬背上。馬就像飛一般的跑了囘來。到了家中，和妻女相見。談起這件事，他就很不高興。以爲把女兒嫁給馬，是斷無此理。如不給他，又失了信。可是那匹馬，自從把主人馱了囘來，就時時對着主人叫。軍官知他的意思。以爲既然如此，倘不將女兒給他，就須將他殺掉，纔免得被他纏糾不了。就用箭把馬射死了。把馬的皮剝了下來，曬在日光中。這時候，他的女兒從馬皮旁邊走過，忽然馬皮活了，將那女孩子包裹在皮中間，飛奔向山上去了。軍官追到山上，女兒沒有了。已變了許多的蠶，在樹上食桑葉。這就是蠶的來歷。

這個神話產生於甚麼時候，不得而知。但是見於記載，據我所知，以搜神記爲最早。他一方是很普徧的流傳在民衆口上，直到現在。現在講述這神話的人，他雖然會講，但是他幷沒有讀過搜神記。於是最近又有人把他從民衆口上記述下來。將他和搜神記上所記的比較一下，除了一用文言，一用白話，爲大不相同而外，其他只有極少的部份不同，換一句話說，在實質方面，只有極少的部份不同。

搜神記上又有一個「細腰」的神話。大概如下：

某處地方，有一所空房子。傳說房子裏出怪。凡是在那房子裏住的人，都遇着怪物。因此這房子就沒有人敢居住了。一天，有個膽大的某人，有心要去看看是甚麼怪，就一人住在這房子裏。到了夜裏，看見一個黃衣黃帽的怪人走出來。他覺得這屋裏有人，就大聲呼道：「細腰！細腰」！外面便有人答應。黃衣人道：「爲甚麼這屋裏有生人氣味」？細腰答道：「沒有」。黃衣人去了，又有一個白衣白帽的怪人走出來，照樣和細腰問答一遍。白衣人去了，又有一個青衣青帽的人出來，也照樣和細腰問答一遍。青衣人去了，天已將明，某人也學着妖怪呼道：「細腰！細腰」！外面也照樣的答應。某人問道：「黃衣人是甚麼」？細腰道：「是金子」。又問：「白衣人是甚麼」？細腰道：

「是銀子」。又問：「青衣人是甚麽」細腰道：「是銅錢」。又問：「你是甚麽」細腰道：「是舂米的杵」。某人再問：「金子在那裏？銀子在那裏？銅錢在那裏？你在那裏」？細腰一樣一樣的告訴了他。這時天已大明了。某人就照細腰所說的地方。掘出許多金子，銀子，銅錢出來。又掘出舂米的杵來。從此屋裏的怪就絕了。

這個神話也是很普遍的流傳在民衆口上，而在我們鄉下流傳的更盛這種神話，雖然是用文言寫成的，但是除了這一點而外，却能完全保存民間傳說的本來面目，和經過文人的手的改造，加入文人的理想的神話不同。然而後來文人所作的神怪故事，無不是發源於此。

譬如聊齋志異，是一部文人色彩極重的神話書。但相傳蒲留仙作聊齋時，在城外設一茶攤，名爲賣茶，實則是招待村夫，野老，請他們喝茶，同時就請他們講些故事，作爲喝茶的酬資，蒲留仙聽了他們的故事便寫，就選擇一些，當他作聊齋志異的材料。他既得到這許多好材料，便寫成中國小說界中的一部名著。這也是神話爲小說根源之一證。

如今有一個問題，必須討論。依照上面所說的話，所謂神話，也是從民衆口上傳說下來的。那麽，和我前面所謂民間傳說有甚麽分别呢？現在說明他們的分别如下：

所謂民間傳說，只是「人的故事」，尤其是關於民衆的故事，而不是「神的故事」不是「鬼的故事」。也不是「妖怪的故事」。凡涉及神，鬼，妖怪的話，我們都叫神話。雖其間也有時候不能分别得很清楚，但是大概是可以分别的。

（三）史話　史話是以歷史上的實人實事爲根據，而加上一些枝節。在起初也是流傳在民衆口上。作小說的文人，多取他爲小說材料。因爲他是以歷史上的實人實事爲根據。所以稱爲史話。但是和正式的歷史不同。就是他所加的枝節都不是事實。譬如三國志演義中的劉備，曹操諸葛亮等人，都是真人；赤壁之戰；也是真事；然而孔明借東風，和孔明祭星等枝節，都是增添出來的。如西遊記中的玄奘是真人；取經也是真事；然而其中所說到的各種妖怪，都是增添出來的。而且西遊記一書，是枝節多於正文，假事多於真事。將他和三國志演義比較，則三國志演義最適宜稱爲史話，西遊記距離史話就太遠了。

這種現成的史話，很適宜於取作小說材料。所以像三國志演義一類的小說很多，如列國演義，隋唐演義，及近人所作的兩漢演義及宋史演義明史演義等，都是。也有以一個人爲主的。如岳傳就是。

史話和民間傳說也有分別。所謂史話，其中主人都是歷史上重要的角色，所有的事情，也是國家重要的事件。至如民間傳說中的主人，只不過是民衆，大概不外乎女壻，媳婦，兄弟，以及癡人，聰明人等等，所有於事情，只不過民衆生活的一斑。

史話的本身，大概是零碎的，沒有系統的，經過作小說者的整理，剪裁，把他聯貫起來，就成了小說。同時候我們可說史話是小說的根源。

（四）時事　時事和史話差不多，但是有不同的兩點：（1）史話是已經過去很久的事，時事是最近發生的事。（2）史話中的事情多半是國家興亡的大事，時事多半是社會上的瑣碎事情。至於他們相同的一點，就是兩者都以事實爲根據，而加上一些枝節。

社會上發生了一件新奇的事情，譬如現在的盜案，騙案，或是戀愛，或是暗殺等案；如果關係人多，案情曲折，一般民衆都喜歡拿這件事來做談話的資料，於是就有作小說的人，利用這種大衆歡迎的材料，把他寫成小說，寫成了，自然有大多數的人喜歡讀。

這一類的小說，在現代比較古代更多。最近如上海前幾年的黃某主僕戀愛案，就有人把他拿來做材料，寫成小說。最近陶某劉某的同性戀愛案，也有人把他拿來寫成小說。這是比較最單純的。此外如二十年目覩之怪現狀，如廣陵潮，中間大部份的材料，都是時事。有的是明言，有的是暗言，有的加些枝節，故意做得迷離恍忽，使讀者覺得半疑半信。因爲深合民衆心理，所以他吸取讀者愛讀的能力是很大，他的流傳也很廣。

不過他沒有持久的能力。只要過了不多幾時，民衆對於這件時事的熱心已經冷淡下來了，因此這一類的小說也跟着沒有人要看了。久而久之，就自然消滅了。而另有新的時事發生，便另有新的小說來代替舊的。

這一類的小說，在現代比古代多。有幾個原因如下：(1)古代人的人民比較的樸實，稀奇古怪的案件不及現代多。作小說的來源既然少，那麽他的產量自然是少。(2)古代印刷不便，就是有人寫成了這一類的小說，也很不容易流傳，因此寫的人也就不願意寫了。(3)現代的人，寫了這一類的小說，立刻可以將稿子賣錢，這一點是古代人做不到的事，所以現代的產量比古代多。在古代，這樣相似的情形也有，不過不及現代這樣容易。例如在南北朝時，那時還沒有印刷術，然已有人將相似的作品抄錄販賣。那時有陽休之所作的「陽五伴侶」，是六言的歌調，大約和現代的民歌或彈詞唱本相似，當時的書賈紛紛抄錄販賣。那陽休之的原稿給書賈抄錄，是不是受了書賈的酬報，雖不能確切的證明，但是照我們的推想，這是可能的事，明朝的馮夢龍曾選輯及改作情史，智囊，醒世恆言，警世通言，喻世明言等小說。看他的情形，也像是受了書賈的囑託而作的，或自動的作好，受了書賈的酬報而後給他刻印售賣的。

以上一段，是說明以時事爲根據的小說，現代比古代多，但在古代也不是絕對沒有。所以我們認爲時事是小說的根源之一。

（五）寓言　寓言和上面四種不同，他既不是像史話和時事根據事實，也不是像傳說和神話只是隨口亂說，而沒有甚麽用意。

寓言是假造出來的一個故事，但是造這故事的人，他是有一個目的，並不是隨便說說便完了。好像莊子上的一個寓言道：

莊子行於山中，見大木，枝葉茂盛，伐木者止其旁而不取也。問其故。曰：「無所可用」。莊子曰：「此木以不材得終其天年。」夫子出於山，會於故人家：故人喜，命豎子殺雁而烹之。豎子語曰：「其一能鳴，其一不能鳴，請奚殺？」主人曰：「殺其不能鳴者。」明日，弟子問於莊子曰：「昨日山中之木，以不材得終其天年；今日主人之雁，以不材死。先生將何處。」莊子笑曰：「周將處於材與不材之間。」

這個寓言，他的目的是在說明立身處世：沒有用處也不行，太有才學也不行。最好是在兩者的中間。我們讀者是要注意他最後的一句話：「周將處於材與不材之間」。這一句話就是全個寓言的命意，也就是對於立身處世者的一種教訓。我們再看莊子上的另一個寓言道：

昔者海鳥止於魯郊，魯侯御而觴之於廟。奏九韶以為樂，具太牢以為膳。鳥乃眩視憂悲，不敢食一臠，不敢飲一杯。三日而死。此以己養養鳥也，非以鳥養養鳥也。

這個寓言，他的目的是在說明一種真理。說明人們處在自己不願處的地方，雖然所受的供養極好，他也是不快樂。我們讀者要注意他最後的一句話：「此以己養養鳥也，非以鳥養養鳥也」。這一句話就是全個寓言的命意，也就是告訴我們一種真理。

寓言全以思想爲主，沒有思想的人不能作，所以他只能產於文人階級的口頭或筆下，而不能產生於民間。

寓言的本身不是小說，不過作小說的人，尤其是中國的小說作者，往往採用作寓言的方法作小說，所以寓言也是小說的根源之一。例如閱微草堂筆記中的故事，就有許多有寓言的意味。

我們既然說明白了民間傳說、神話、史話等。是小說的根源，但不能說他們就是小說。那麽。甚麽是小說呢？這是我們必須答復的一個問題。

但是這個答案很麻煩，尤其是在中國文學裏，要說明甚麽是小說，更是麻煩。因爲小說二字，在中國文學裏，他的涵意，時時的改變，决不是簡單的幾句話能穀說明白的。現在不嫌麻煩，將他說明如下：

我們先從小說兩個字的字義說起。「小」就是「大小」之「小」，「說」字和「悅」字相通。稱爲「小」，是看輕他的意思。「悅」是含有供人娛樂的意思。中國人向來看不起小說，或稱爲「閒書，」或拿他供消遣無聊的光陰，或拿他供茶餘酒後談話的資料，從前私塾裏的先生嚴禁學生看小說，文學家也不承認小說是文學中一種重要的作品。直到最近，受了西洋文學的影響，中國人才把小說看重起來。但是還有不少的守舊的先生們，依然是看不起小說。我們只從小說二字的命名，就可以知道中國人向來對於小說是怎樣的觀念。

在中國書裏小說二字最早見於莊子的書上，他說：

飾小說以干縣令，其於大達也亦遠矣。

所謂「飾小說以干縣令，」就是講一些可以供縣令娛樂的話，而討縣令的歡喜。小說二字見於荀子他說：

故智者論道而已矣，小家珍說之所願皆衰矣。

他雖然把小說兩字分拆了開來，但是我們也可認這幾句話是中國古書說到小說的話。從這句話，我們可以看出他們的觀念：小家珍說，是比不上所謂智者的道。

總之，所謂小說，是包括一切「不正式，」「不重要，」「不莊嚴」的話。

戰國時候所風行的遊說，那些人都是迎合國君的心理而進言；雖然他們的用意有時候也很好，但是他們進言的方法，和正言，直諫，絕對不同，所以稱爲遊說。

在莊子書中，有說劍篇，在韓非子書中，有說難篇。「說」字的意義，和莊子所謂「小說」的「說」字相同。又韓非子書中有內儲說，外儲說等篇，淮南子書中有說山，說林等篇。「儲」是「儲蓄」，「儲藏」的意思，「山」和「林」都是表示多的意思。說劍和說難，比較的有組織，有系統。儲說和說山，說林，都是零碎而無組織的，亂雜而無系統的，有的是一個故事，有的不是故事。總之，是「非正式，」「不重要，」「不莊嚴」的話。但他們仍只稱爲「說，」而不稱爲「小說。」

如在「說」字上加一「小」字，那就比較的更輕視他了。儲說、說山、說林等篇「說」字的涵意，到了後世，在表面上似乎改變了，但在骨子裏還沒有變。如元人陶宗儀的說郛，清人汪楫的說海，以至近人的說庫，如以說山，說林等篇爲準則，他們（說郛、說海、說庫、）可謂是名實相符。如以近代所謂小說爲準則，他們便是名實不符了。

東漢時班固著漢書藝文志，他於「九流」之外，別列一家，稱爲「小說家。」他說道：

小說家者流，蓋出於稗官。街談巷語道聽塗說者之所造也。孔子曰：「雖小道，必有可觀者焉，致遠恐泥，是以君子弗爲也，」然亦弗滅也。閭里小智者之所及，亦使綴而不忘，或如一言可採，此亦芻蕘狂夫之議也。

這裏我們先把「稗官」二字解釋一下。「稗」本是粟類，其粒甚小，故「稗」字又有「小」義。稗官，就是小官的意思。顏思古漢書注：引如淳曰：「王者欲知閭巷風俗，故立稗官以稱說之。」據此，我們不但可以知道稗官二字的意義，并且可以知道稗官所擔任的職務，和王者設立稗官的用意，又可知道稗官所稱說的是些甚麼東西？

再把班固引孔子的話說明一下。孔子曰：「雖小道必有可觀者焉，致遠恐泥，是以君子弗爲也。」孔子的話至此爲止。「然亦弗滅也，」是班固的話，非孔子的話，可見孔子仍是不重視他的。至班固加上一句。便變爲比較的重視他了。倘然把「然亦弗滅也」認爲也是孔子的話，那就和孔子的原意不同。這是我們應該注意，把他們分淸楚的。再者孔子所謂「小道，」不是指小說，至多只可謂小說是「小道」的一種。班固引孔子的話，雖然是孔子的原文，却是把他拿來活用了。因此，我們也不能轂死看。

自從班固說小說家出於稗官，於是後世便多稱小說家爲「稗官，」而稱小說爲「稗史。」經稗官手所採訪下來的稗史，都是當時候的民間的瑣碎事情，和流傳於民間的故事或神話。正是我們前面所講的小說的根源五種之三。卽(1)時事，(2)民間傳說，(3)神話。而尤以時事爲主要的部份。

漢書藝文志所載的小說目錄，那些書，到現在都已失傳，只不過賸了一個目錄。現在據藝文志抄錄，並略加說明如下：

伊尹說二十七篇（原註：其語淺薄，似依托也。）

鬻子說十九篇（原註：後世所加。）
周考七十六篇（原註：考周事也。）
青史子五十七篇（原註：古史官記事也。）
師曠六篇（見春秋。其言淺薄，本與此同，似因托也。）
務成子十一篇（原註：稱堯問，非古語。）
宋子十八篇（原註：孫卿道宋子，其言黃老意。今案，卽宋鈃。孟子作宋牼。其書淸馬國翰有輯本。）
天乙三篇（原註：天乙謂湯，其言非殷時，皆依托也。）
黃帝說四十篇（原註：迂誕依托。）
封禪方說十八篇（原註：武帝時。）
待詔臣饒心術二十五篇（原註：武帝時。師古曰：「劉向別錄云：

饒，齊人也。不知其姓。武帝時待詔，作書，名曰心術。」）

待詔臣安成未央術一篇（應劭曰：「道家也。好養生事，爲未央之術。」）

臣壽周紀七篇（原註：項國圉人。宣帝時。）

虞初周說九百四十三篇（原註：河南人。武帝時以方士侍郎，號黃車使者。應劭曰：「其書以周說爲本。」師古曰：「古史記云：虞初，洛陽人。卽張衡西京賦小說九百，本自虞初者也。」）

百家百三十九卷

右小說十五家千三百八十篇。（案如今計算爲一千三百九十篇。）

班固藝文志所舉的書目，到現在一部也不存在。說不定這些書連班固自己也不曾看見。因爲班固的藝文志是根據劉歆的七略及劉向的別錄。當漢宣帝時，劉向典校秘書，而著別錄，這些書在劉向時都是存在的。同時劉向又校上說苑，新序。列女傳，世說，百家等書五種。（說苑，新序，列女傳，世說，藝文志歸入儒家。百家則歸入小說家。說苑，新序，列女傳，至今尚流傳。世說及百家今已失傳，）這五種書，大概都是從那些小說中，（指藝文志所載小說目錄。）所取來的材料。劉向的書作成而後，原書就散失了。只存下來一個目錄，經過班固的轉錄，直流傳到現在。

如此看來，說原書失傳則可，說其書中的故事失傳則不可。因爲大部份已保存在說苑，新序，列女傳三書之中。

今日民衆口上所流傳的孟姜女的故事，就是由列女傳上的杞梁妻的故事演變出來的。說苑，新序和列女傳，可說是古代（漢以前）民間傳說的集成。

世說今已失傳，不知內容如何。但另有南北朝時劉義慶所編的世說新語至今尚流行。世說新語的名稱，就是根著世說而來的。所以知道世說的性質和世說新語差不多。大概是當時候的名人的故事。

百家也早已失傳。但藝文類聚引應劭的風俗通義的佚文，有應劭所轉引的百家書兩條，可說是小說史上極珍貴的材料。今照錄如下：

公輸般見水上蠡，謂之曰：「開汝匣、見汝形。」蠡適出頭。般以足畫圖之。蠡引閉其戶，終不可得開。般遂施之門戶，欲使閉藏當如此周密也。

宋城門失火，因汲取池中水，以沃灌之。池中空竭，魚悉露見，但就取之。

按，這個故事就是後人「城門失火，殃及池魚」的諺語的來源。但這故事又見於呂氏春秋孝行覽必已篇，及淮南子說山篇。皆謂係遺失珠寶於池中，汲水求珠，因殃及池魚。和百家上的故事大同小異。

百家爲何人所作，漢書藝文志並未言明。我們何以知道是誰作的呢？然劉向所上說苑序上，有幾句話說道：「臣向所校中書，說苑雜事，除去與新序複重者，其餘淺薄不中義，別集以爲百家。因此，我們能彀知道百家爲劉向所集。因爲今本說苑缺序，此序只在宋本說苑上有，所以知道的人不多。

總之，說苑，新序，列女傳，三書，大概取材於漢志上所載的各小說中，只是我們的推測，沒有確證。但上面所引的兩個故事，是百家的原文，乃是確實的事。所以我們讀了上面兩個故事，可以知道百家的內容的一斑，也可以知道漢志所載小說的內容的一斑。

在漢以前的書上，雖曾說到小說二字，但不曾確切的明白的指出那幾種書是小說。自漢書藝文志而後，才確切的明白的指出了。（儲說及說山，說林等篇，是我們在今日認出他們是小說，便在班固並沒有認他們是小說。）

自藝文志至唐代，一般人所認識的小說的涵義，大概是如此。不過，在唐代新添了一種體裁，另有一個新的名稱，叫「傳奇。」

傳奇是怎樣的一種作品呢？我們可以先講一講：他的形式是有組織的，比較篇幅長一些的•一篇傳紀。他的實質不外是下面幾種人的故事：（1）俠客，尤其劍俠的故事。（2）神仙及妖怪的故事。（3）才子佳人的故事。大概是因爲這些故事都是不常有的事情，都是很奇怪的事情，所以稱爲傳奇。「傳」就是「傳紀」之傳。因爲他是經過組織，恍忽已成爲一篇短篇小說，所以現在也有人認爲是中國古代的短篇小說

傳奇當然是包涵在小說的範圍以內，不過，又有兩個不同的觀念：（1）在唐代小說和傳奇似乎是並立的。（2）在淸代又把戲曲的一種也稱爲「傳奇。」如桃花扇，長生殿，都稱爲「傳奇」這兩點很容易叫我們誤會，所以特別把他們說明一下。

唐代的傳奇，現在流傳的很多，例如楊巨源的紅綫傳，張說的虬髯客傳，（虬髯客傳又作五代時杜光庭選。）就是俠客及劍俠的故事。李泌的枕中記及李公佐的南柯記，就是神仙的故事。許克佐的章台柳傳元稹的會眞記，就是佳人才子的故事。

傳奇確是唐代文學的特色。在唐代是盛行的，到宋以後便沈寂了。但是宋代又產生了一種新的體裁，今人通稱爲「白話小說，」在當時候稱爲「平話」，稱爲「講史。」

到了宋朝，傳奇衰而評話盛，可算是中國小說一個極大的變化。所以也有人講中國小說，只從評話講起。在另一方面，舊的文人雖也讀評話，却視爲俚俗不足道，而把他屏諸文學的範圍以外。例如四庫不收評話。就是一個例。這且慢說。我們現在先把評話的自身說一說。

評話是當時候的一個名稱。現在我們通稱爲「白話小說」或稱爲「演義。」（這兩個名詞都不確切。）如現在所流傳的三國志演義，水滸傳，西遊記等都是。

評話在當時候的名稱也很複雜。有（1）說話，（2）講史，（3）演史，（4）詩話等名目。而「平話」又作「評話。」講史，演史，都是以史事爲材料，故有此名。詩話是因爲中間有詩，有話，故稱詩話。灌園耐得翁都城紀勝，（南宋都城，今杭州）記當時評話的情形，分爲四派。他的原文如下：

說話有四家：一者小說，謂之銀字兒，如煙粉，靈怪，傳奇，說公案，皆是刀扑桿棒及發跡變態之事。說鐵騎兒，謂士馬金鼓之事。說經，謂演說佛書。說參請，謂賓主參禪悟道等事。講史書，謂說前代書史文傳興廢戰爭之事。

他的原文不十分明瞭。大概以「小說」爲一家，「說經」爲一家，「說參請」爲一家，「講史書」爲一家，故稱西家。而「銀字兒」說公案，」「鐵騎兒，」皆隸屬於「小說」之下。今畫一簡明的表如下

(一)小說(1)銀字兒(後來關於戀愛，娼妓，及神怪的小說都是。)(2)說公案(關於盜案的小說，如後來的彭公案，施公案等。)(3)說鐵騎兒(關於戰爭的小說。)

(二)說　經　(疑他演變成爲後來的「宣卷」一類的書。)

(三)說參請　(此體今不可考。)

(四)講史書　(講述某時代歷史的全部份，如五代史評話，三國志演義等都是。)

這裏所說的四家，其實只有兩家佔著小說的重要部份。就是(1)和(4)兩家。在當時候，他的總名稱是叫「說話，」於是又有兩個重要的名詞，我們在這裏要把他們講述一下。就是(1)「說話人，」(2)「話本。」

「說話人」就是現在南方各城鎮小茶館裏的說書先生。「話本」就是他們自己所用的書本，恰等於唱戲人所用的「脚本。」所以宋代的話本，不是直接給人家看的，是由說話人說給人家聽的，不知到何時才變爲直接給人家看，再後來又變爲只宜看不宜說了。如紅樓夢，儒林外史，都是只宜看不宜說的。

說話這一件事，在唐代已經萌芽。今人從敦煌石室中發現類於話本的白話小說。李商隱詩也講起說三國的事。他的驕女詩云：「或謔張飛胡，或笑鄧艾吃。」這分明是那時已有講說三國的事情。從這兩件事看來，可知在唐代已有說話，但沒有發達，到北宋才漸盛，到南宋而更盛，我們認爲是宋代的小說的代表作，是宋以後和宋以前的小說變化的一個大關鍵。他們絕大的異點如下」

(1)唐以前的小說是直接給人看的，至宋而變爲由說話人說給人聽。

(2)唐以前的小說漸趨向文人化，至唐而到極點：至宋則一變而爲民衆化。（文言變白話包括在內。）

（3）唐以前的小說沒有極長的，可斷言每篇沒有過一萬言以上的；宋以後作品則洋洋數萬至數十萬字。

（4）宋以後的話本一類的小說，舊式的文人不承認他有文學的價値。

中國古書講小說起於何時的，除了漢書藝文志上「小說家出世於稗官」的話以外，再有幾人。例如明代郎瑛的七修類稿上說：

小說起宋仁宗。蓋時太平盛久，國家閒暇，日欲進一奇怪之事以娛之。故小說得勝頭迴之後，卽云「話說趙宋某年」。

這裏所講的小說，就是宋人的平話、只可說平話起於宋代，而不能說小說起於宋代。

清代四庫全書總目提要上說：

張衡西京賦曰：「小說九百，本自虞初。」漢書藝文志載虞初周說九百四十三篇，注稱武帝時方士，則小說興於武帝時矣。……然屈原天問，雜陳神怪，多莫知所出，意即小說家言。而漢志所載青史子五十七篇，賈誼新書保傅篇中引之，則其由來已久，特盛於虞初耳。

這裏，前半段據張衡的話，說好像是小說起於虞初，這當然是不對的。四庫總目提要也知道他不對。提要的後半段說，「屈原天問，雜陳神怪，多莫知所出，意即小說」。這裏我們要分開三層來講：(一)四庫提要認天問似乎小說，在當時候確是有些特別的見解。(二)然他說「多莫知所出」，因爲沒有出處，就說他是小說，倘使談神說怪，而有出處，便不算小說麼？這一點見解仍是錯誤的。(三)再者，屈原的天問，只是引用神話，而他的自身不必就是小說。就把神話放在小說的範圍以內來講，天問只是引神話當典故，而天問不是小說。

總之，這一段講小說起於何時的話也是沒有價值的。

古書中把小說來分類的也有。例如明代胡應麟的少室山房筆叢，他把小說分爲六類：

（一）志怪
（二）傳奇
（三）雜錄
（四）叢談
（五）辨訂
（六）箴規

又如清四庫全書把小說分爲三類：

（一）敍述雜事

（二）紀錄異聞

（三）綴輯瑣語

這兩種分類法都不精密，界綫很不清楚，尤其是胡應麟把辨訂和箴規兩類的書也劃歸人小說的範圍以內，更是不妥。且他們兩人都把宋以後的平話一概屏棄不取，那就和郎瑛「小說起於宋仁宗時」的話剛剛相反。一個不承認把宋以後的平話放在小說範圍以內，一個不承認宋以前的平話是小說。其實他們都是不對的。我們於此可以知道以前的人對於小說二字的涵義有這種種的認識。同時可以知道小說二字的涵義是有怎樣的變化。

自西洋小說輸入中國而後，中國人對於小說的觀念，當然大改變了，對於小說二字的解釋也不同。但是，這種改變，幷不是突然而來的，是慢慢的改變的。西洋小說輸入中國，自然是以林紓的譯品爲大宗。然在他以前，早已開始。據我所知，在前淸同治時申報上已將歐文雜記及格利物遊記摘取一段，演成中國式的小說。人名，地名，皆改從中國，幾乎使讀者不知道是外國小說。我所知道的如此，我所沒有知道想必還有，更不能確切的斷定誰是第一個介紹西洋小說到中國的人。

然大概可以說：在林紓以前，都是根據西洋小說改頭換面，使他變了中國小說。當然不言明是翻譯的，讀的人也只當他是茶餘酒後的消遣品讀，沒有人把他看爲有研究的價值。也有大多數的讀者，竟不知道西洋也有文學，以爲西洋只不過善於製造槍砲，輪船，鐘表，火柴等各種東西，文學是中國所獨有的，西洋人只不過有二十六個字母，拿字母拼成文字，代替語言，非常的簡單淺陋，絕對及不到中國的文學這樣奧妙精深。所以西洋小說初到中國，都是著了中國裝的，才不被讀者稱爲「洋鬼子」而拒絕他。

這種著中國裝的小說，在林紓以前，固然如此；在林紓同時，也是如此。我佛山人譯的電術奇談，他是取日本的小說爲材料而改成的，人名，地名，都改從中國。人情，風俗，也中國化了。包天笑的馨兒就學記，也是如此。馨兒就學記的原本，便是今人重譯的愛的教育。倘然有人拿這兩部書對照一讀，便可以知道二十多年前中國的讀者對於西洋小說的觀念是如何。

林紓的翻譯，在那時候總算是更進了一步，因爲他已明明白白寫出某國某人原著，某人譯。比拿西洋小說當中國小說，是要好些。但是他仍不曾知道小說在文學是有怎樣的位置。所以對於小說的觀念完全和那時候的一般人一樣。他的譯筆，在舊文學中比較的最好，他的小說所以能爲當時候的人所稱贊。

這個結果，林譯的小說依然是中國化的西洋小說，只不過自己說明了是西洋小說，人名，地名，沒有改從中國罷了。

在民國前一二年，有周作人譯的域外小說集，是用文言譯的西洋的短篇小說。不過是大失敗了。這失敗並非域外小說集自身不高明，只是和那時候的讀者程度相隔太遠。第一，不歡喜讀這種無頭無尾的短篇小說，第二不歡喜讀這種平談無奇的故事，第三不歡喜讀這種比較生硬而樸質的文言。結果，這部書在當時幾乎沒有人知道。

可見在這時候西洋小說雖然多量的被介紹到中國來了，林譯的小說已家絃戶誦了，談文學的人都知道重視小說了，然而他們的觀念還只是略改變了一部份。所改變的，只是把小說的價值提高，和舊時候的詩詞立在同等的地位：所不曾改變的，是不知道小說是民衆生活民衆心理的表現。所改變的，是知道小說和社會有極密切的關係，大可閱讀，極力排斥舊式老先生禁讀小說：所不曾改變的，是想利用小說代替「勸世文」，作爲改造社會的工具，却不知小說是獨立的，不能用作工具的。

以上沒有完全改變的兩種觀念，直到最近十年以來，才有大部分談文學的人完全改變了，但是還有人至今沒有改變。

現在中國所流行的小說，就是西洋的(Short story短篇小說)和Novel(現代小說)但這兩種都是中國以前所沒有的。中國原有的小說，沒有一種能夠和這兩種中任何一種完全相同。因此，可知小說二字的名稱，在現代拿來指 Short story 和 Novel 都是借用的，決不是一個確切相當的名稱。

自 Short story 和 Novel 盛行於中國，却仍襲用小說二字的舊名稱，那麽，小說二字的涵義，當然是大變了。

第三章　中國小說「形」的方面的演變

我們講中國小說的演變，把他分爲「形」的方面「質」的方面來講比較的容易明白。現在先講「形」的方面的演變，大概是如下：(1)白話和文言的演變(2)短篇和長篇的演變，(3)「說」和「寫」的演變。

(一)白話和文言的演變。一般的見解，都以爲宋以前的小說都是用文言寫的，宋以後的話本，才改用白話。這話不十分的確，因爲一則晉，唐人文言小說中已有夾用白話的，二則唐人已有白話小說，不過比較的接近文言罷了。從這裏看來，可知由文言演變爲白話，是漸漸的改變的，不是一旦突然變成的。我們試看晉，唐人文言小說中所夾用的白話是怎樣：

奉（董奉）每來飲食，或如飛鳥，騰空來坐，食了飛去，人每不覺。（晉葛洪神仙傳）「食了」，依文言當作「食畢」。

晚間有人送粥，愼莫喫。（唐崔令欽教坊記）「喫」依文言當作「食」。

喫羹了，然後續以諸饌。（唐劉恂嶺表錄異）「喫羹了」依文言當作「食羹畢」。

不待殺了。（唐戴君孚廣異記）「了」依文言當作「畢」。

西牆下有物，應曰，「諾」。問曰：「甚沒人？」曰：「不知」。（唐鄭還古博異記）「甚沒人」依文言當作「何人」。今白話作「甚麼人」。

亦是償債了矣。（唐盧子逸史）「了」依文言當作「畢」。

忽忽酬酢，言未了。（同上）「了」依文言當作「畢」。

「曾見太上皇未？」曰：「見了」。（唐郭湜高力士傳）（見了）依文言當作「見之矣」。

知他是甚圖畫！（唐韓渥開河記）韓渥敍隋煬帝見廣陵圖，說：「知他是甚圖畫！」如依今日白話，當作「那知他是甚麼圖畫」如依文言，反不容易寫出當時候的口氣。

不知了當得否？（唐韓渥海山記）依今日白話，當作「不知辦得了麼？」或作「不知辦得了，辦不了？」用文言，反不容易寫出當時候的口氣。

遮莫你古來千帝，豈如我今日三郎！（唐鄭棨開天傳信錄）按，開天傳信錄載劉朝霞駕幸溫泉賦，賦中有這兩句。「遮莫」是唐時俗語。「你」字依文言當作「汝」。

以上都是晉代到唐代文言小說中夾雜的白話。他們爲甚麼要夾白話？大概有兩個原因；

其第一個原因，雖然是文言小說，作者也注重描寫說話人的口氣。有許多話，將後世通行的話，改爲古代的話，便失掉了原說話人的口氣：將粗野人的話，改爲文質彬彬的人的話，也失掉了原說話人的口氣。作者要保存這種口氣，就不不得照原話寫下來。當時候的作者雖不像現代的人，先研究小說作法，而後去作小說；但是這種自然而然的趨勢，作者在無意中自然走向這一方面去的。譬如前面所引的例，「知他是甚麼圖畫」確是當時候那個人的口氣。我們把下面的三種寫法拿來一比，就可以知道。

知他是甚圖畫！　確是時當時候那個人的口氣。

不知是何圖畫也？　不合說話人說這話時的口氣。

那知他是甚麼圖畫！　是今日的白話，不是古代的白話。

有這個原因，所以晉，唐時的小說作者，只管大部份用文言，有時候不得不夾用白話，尤其是描摹小說中說話人的口氣，不得不用白話。

第二個原因，是當時候的作者把小說看得很輕，以爲是可以隨便寫的：不如其他的作品，用字，措詞，必須要有來歷，曾見於經典中的才敢用，不見於經典中的便不敢用。這裏有一個笑話：唐代的劉禹錫，他於重陽日作詩，想用一個「糕」字，却因爲「糕」字不見於經典，便指爲俗字，而不敢用。因此「不敢題糕」的故事，就成了中國文壇上的一個典故。

他們作詩用字必須如此謹愼，而作小說却不必顧忌一切，豈不是重視詩，而輕視小說的明證麽！

於第一個原因而外，再加上這第二個原因，於是晉，唐人的文言小說中常有白話夾在裏面，那是應有的事了。

我們再看唐代的白話小說是怎樣。據近人從敦煌石室中找出唐代的白話小說，雖然是只有中間一段，無頭無尾，但他是怎樣的情形，可見一斑。這是記唐太宗生魂在陰間的故事。原文如下：

判官惧惡，不敢道名字。帝曰：「卿近前來。」輕道：「姓崔名字玉。」「朕當識。」言訖，使人引皇帝至院門。使人奏曰：「伏維陛下：且立在此，容臣入報判官速來。」言訖使者到廳前，拜了。啓判官：奉大王處，太宗是生魂到，領判官推勘。見在門外，未敢引。」判官聞言，驚忙起立。

這段小說，已經是全用白話，不過還和文言接近。到宋代的話本，就漸漸的和文言相隔得遠了。但是在今日所見的三國志演義中，有「之」「乎」「者」「曰」等虛字，仍是文言的遺跡，沒有完全消滅。這可見他們演變的過程是很慢的。

自白話盛而文言衰，這是自然的趨勢。在淸代雖然有一兩部極有勢力的文言小說，如聊齋誌異，閱微草堂筆記等，這究竟是極少數。直到林紓譯西洋小說，專用文言，於是才造成一個很短的文言復活的時期。

這個時期在今日已過去了，又轉入白話的時期了。但今日的白話決不是和宋、元人和明、清人的白話一樣。今日的白話，是「現代的白話。」

從一時的好尙而言：文言白話是可以互變的。從文學的大趨勢而言：是文言旣演變成白話之後，不能囘復到文言。前者的話，有實例可以證明。就是有聊齋誌異，閱微草堂筆記等書，可以證明在明，淸以來，文言沒有盡死；有林譯的文言小說，可以證明在淸末及民國初年，文言曾經復活。後者的話，有很充足的理由可以說明。其一，文學是一天天的趨於民衆化的；其二，白話比較更能充分的描寫，根據這兩個理由，文言是必須逐日的消滅的。

(二)短篇與長篇的演變，古代的小說，篇幅都是很短的，到後來慢慢的演長，這是自然的趨勢，無論文言白話，都是如此的。中國古代的小說短到甚麽程度爲止，這却很難確切的指出。但是據前章所引百家書中的「公輸般的故事」及「城門失火」的故事，都只不過幾十個字。而「城門失火」更短，只有二十七字。這可見古代小說的篇幅長短的一斑。到後來慢慢的伸長，到唐人的傳奇，可算是中國固有的文言小說中的長篇代表作。而到林譯的小說，却比唐人傳奇要長過幾十培，幾百培，每篇都是獨立成一册，或幾册書的，在中國原有的文言小說中，不容易找出這樣的長篇，只有淸人沈三白的浮生六記差可比擬。

在白話小說方面，最早也是短篇的。如今日所流傳的宋人的話本京本通俗小說，每囘敍一個故事，和一百二十囘的三國志演義，或一百二十囘的紅樓夢相比，是一與一百二十之比。可想見其長短相差的程度。

不過由短篇變爲長篇之後，最近又有所謂「短篇小說」產生。這種新的體裁，是由西洋輸入來的，他的結構和中國原有的篇短根本不同。這且等下文再說，現在說一說由短篇演成長篇的幾種方式：

（1）是把短篇的全體部份都擴充起來，使短篇成爲長篇。例如由宣和遺事的一部份擴充而成水滸傳，根據三藏取經詩話而作西遊記都是。這個方式，便就三國志演義而論，我們前面早已說過，在唐代已經有講「三國故事」的風氣，可想見關於「三國」的話本必早已有了一種極簡單的本子；今日通行的三國志演義的本子，乃是經過許多人的增補修改而成的；可見三國志演義長的情形，也是用得這個方式，

（2）是集合許多短篇的材料，利用一條綫索，把他連貫起來，成爲一個長篇；其實都是獨立的短篇，只不過在彼此相隣近處，想法把他們

啣接起來。例如清人的儒林外史，近代的二十年目覩之怪現狀，官塲現形記都是。這種方式，就是鏡花緣恍忽如此。這種小說，旣然是用一條綫索，把許多短篇連貫成一個長篇；反轉來說，也很容易，把一個長篇拆散成許多短篇，只消把連接處線索割斷再把連接的痕迹修補一下，就成功了。這種長篇小說，可以作得無限制的長，因爲只管拿獨立的短篇加上去。也很容易作，因爲不須有甚麼布置，不須有全個的計劃，只須在啣接處用一點「小巧」就可以的。

（3）是集合許多同體裁的短篇，成爲一部長篇的書。這個雖然像是長篇，却不能說是長篇，只能說是「短篇的選集。」如京本通俗小說，如今古奇觀，都是如此。

（4）將短篇容納在長篇之中。例如三國志演義，每遇一個人初次登塲時，除了敍述他的姓名籍貫而外，往往再說些關於這個人的瑣屑的故事。而這些故事，都是能獨立的。譬如說孔融時，說楊脩時，所說到他們的瑣屑的故事，都是從世說新語中取來的。又例如關於于吉，關於左元放的故事，在搜神記及神仙傳中本是獨立的短篇，在三國演義中雖然佔了很多的地位，但是和三國志演義全體的結構毫無關係。把他放在裏面，無非是一種點綴品；把他抽了出來，全部書的結構決不至於因此而損壞。這也是把短篇容納在長篇中。一個長篇的架子，其中更容納許多獨立的短篇，他自然是更長了。

上文把短篇演成長篇的情形說過了，如今再說受了西洋小說的影響而產生的短篇小說。這種短篇小說，篇幅雖然很短，他却和中國固有的短篇小說不同，這種新產生的短篇小說，好像是截取長篇中間最有精彩的一段，而不是把長篇小說的全體各部份都縮小。所以這個演變，不是已死去的老人復活轉來，乃是另外誕生了一小孩子。

（三）說與寫的演變。小說在剛剛萌芽而沒有發育完成的時候，本是說在口上的，而不是寫在紙上的。較遲一點，有寫在紙上的了，而說在口上的還是只管說在口上。於是這二者就同時並行。不過，在中國自從有了寫的以後，人家便都注意於寫的，而不注意於說的。這不過是一個被抬舉起了，一個被埋沒了。被埋沒的雖然沒有人知道，但是他的本身並沒有消滅。

自從北宋以後，說話的風氣盛行於南方，於是說又抬起頭來。大抵人多注意說的，而不注意寫的，不過，這種說話人是成了一種專門職業，不像以前隨便那個村夫野老都是會說的。這是一點。此外再有一點，以前的人隨便說說，不用話本，到宋以後，說的人自己備了一種話本，這是彼此不同之處。普通是以宋代爲界。宋以前是那樣，宋以後是這樣。其實這種變化也是漸漸的變來的，不是一旦突然變成的。我們但看唐代已有「講三國」的事情，就可以知道了。

宋人的話本開場，都是先唱一首詩，或一首詞，然後接着「話說」，「且說」，「却說」等字，分列這一段事和上文不連。全書的結尾，也都用一首詩。例如宣和遺事全書開場的詩就是：

> 暫時罷鼓膝間琴，閒把遺編閱古今。常歎聖君務勤儉，深悲庸主事荒淫。致平端自親賢哲，稔亂無非近佞人。說破興亡多少事，高山流水有知音。

接着是：

> 且說唐堯虞舜，是劈初頭一個皇帝，…………

他的結尾詩是：

炎、紹諸賢慮未精，今追遺恨尙難平。區區王、謝營南渡，草草江、淮議北征。往日中丞甘結好，暮年都督始知兵。可憐白髮宗留寺，力請鑾輿幸舊京。

在每一囘結尾時，也都用兩句詩作結，接着就是：

畢竟某事如何，且聽下文分解。

例如三國志演義敘袁紹與董卓爭廢立事云：

……………卓怒曰：「天下事在我，我為之，誰敢不從！汝視我之劍不利否？」袁紹亦拔劍曰：「吾劍未嘗不利！」兩個在筵上對敵，正是：

丁原仗義身先喪，袁紹爭鋒勢又危。

畢竟袁紹性命如何，且聽下文分解。

他們吸引聽衆的方法，固然是要在說的時候，能轂活潑潑地描摹出所說到的人的神態，而不是呆板的背誦話本；但是在話本的結構上，也有一個吸引讀者的妙法，就是在每一回的結束時，必要揀定說到某一件事的吃緊的地方，忽然停止，叫聽的人不能不希望再聽下文。例如上面所引的三國志演義敍董卓，袁紹爭廢立事，說到董卓拔劍將殺袁紹，袁紹也拔劍相敵，這正是吃緊的時候，究竟董卓殺了袁紹與否？乃是聽衆所必欲知道的事情，他却忽然停止，只說「且聽下回分解」，於是聽衆不得不再聽下文。這個方法真好。不過每回都是如此，未免太呆板了一些。

宋代說話的派別，在前一章已經講過，這裏不必再講。現在單講一講說話人，這種說話人，既然是專門的職業，當然有專門的藝術，而不是尋常人所能登塲亂說的。惟據宋代人的記錄，描寫他們的藝術是怎樣怎樣好的，却不曾有。只不過記錄他們的姓名而已。西湖老人繁勝錄記當日杭州瓦市的情形云：

惟北瓦大（此字疑誤）有句欄一十三座。常是兩座句欄專說史書：喬万卷，許貢士，張解元，背做蓬花棚。（?）常是御前雜劇：趙泰，王茶喜，宋邦甯，何宴清，鋤頭段子，貴弟子。散樂作場相撲：王僥大，撞倒山，劉子路，鐵板踏，宋金剛，倒提山，賽板踏，金重旺，曹鑽瘭，人人好漢。（?）說經：長嘯和尚，彭道安，陸妙慧，陸妙靜。小說：蔡和，李公佐，女流：史惠英，小張四郎。

這裏記當時候瓦市的各種遊藝，而說話也包括在內。但只不過記錄奏技人的姓名，而沒有說到他們的藝術是怎樣的好。

這種說話的人，自宋以後，直到現在，一直是有的，但不知何時改稱爲「說書」，而不稱爲「說話」。明末淸初產生了一個說書的名家，名叫柳敬亭，當時的文人極力的捧他的場，除了吳梅村替他做傳，並同時候的詩人作詩贈送他而外，更有許多人記述他的故事，極力的描寫他的藝術怎樣的精妙。

如張岱的陶庵夢憶有一段寫柳敬亭云：

南京柳麻子，黧黑，滿面疤癗，悠悠忽忽，土木形骸。善說書，一日說書一回，定價一兩，十日前先送書帕下定，常不得空。……余聽其說景陽崗武松打虎。「白文」與「本傳」大異。其描寫刻畫，入微毫髮，然又斬截乾淨，並不嘮叨吶映。聲如巨鐘。說至筋節處，叱咤叫喊，洶洶崩屋，武松到店沽酒，店內無人，暴地一身，店中空缸空甓，皆甕甕有聲。閒中著色，細微至此。主人必屏息靜坐，傾耳聽之。彼方掉舌。稍見下人呫嗶耳語，聽者欠伸有倦色，輒不言。故不得強，每至丙夜，拭桌剪燈，素甆靜遞，款款言之，其徐疾輕重，呑吐抑揚，入情入理，入筋入骨，摘世上說書之耳而使之諦聽，不怕其不齰舌死也。

周容春酒堂文集雜憶七傳寫柳敬亭云：

柳敬亭……以滑稽說古人事，往來縉紳間，五十年，無不愛柳敬亭者。兒童見柳髯至，皆喜。其技傳之華亭莫生，生之言曰：「口技雖小道，在坐忘。忘己事，忘己貌，忘在坐有貴要，忘身在今日，幷忘己何姓名。於是我卽成古。笑啼皆一。所恨楚莊未見叔傲，不能證優孟，然史遷，班固，下逮貫中，實甫，筆墨爲證，如己見之。予每歎近世人材衰颯，私疑往史多誣，未必有若某某其人。癸己值敬亭於虞山，聽其說書數日，見漢壯繆，見唐李，郭，見宋鄂，蘄二王，劍棘刀槊鉦鼓起伏，髑髏模糊跳擲繞座，四壁陰風旋不已。予髮肅然指。幾欲下拜。不見敬亭。

這兩段記載描寫柳敬亭說書，可說是淋漓盡至。他供給我們研究的一點，就是話本的自身無所謂好不好，全看說話人的本領如何。說和寫完全是兩件事。

說話人是以宋代爲最盛，以後雖沒有消滅，但不及在宋代爲人所注意。而他們所用的話本，漸由說給人家聽的變而爲直接給人家看的。例如三國志演義和水滸，到現在通行的本子，都是直接給人家看的。當時候說書人自己所用的話本必不是如此。

清代的紅樓夢和儒林外史等書出現，他們就脫離說的關係，演變爲只是寫的，不是說的。他們雖然無意識的因襲着「却說」「且聽下囘分解」等語調，但已完全不能說了。

總之，由古代的傳說在口上，演變成寫在紙上，這是一變，宋代的說話勃興，這是第二變。宋人的話本，由說給人家聽的，變爲直接給人家看的，這是第三變。紅樓夢。儒林外史等，只是寫的，而不是說的，這是第四變。然而「說」和「寫」仍是同時候存在的，決不是變成後者，前者就消滅了。只不過互有盛衰而已。

第四章　中國小說「質」的方面的演變

現在我們再講「質」的方面的演變，最重要的是這兩項：其一，是民衆化與文人化的演變；其二，是「因襲原有的材料」與「吸取外來的材料」的演變。今分別講來如下：

(一)民衆化與文人化的演變。小說本來起源於民間，他本是民衆化的，我們只看前幾章所說的小說的起源，和中國古代的小說怎樣，就可以知道。

但稍後一點，就漸漸的文人化了。如晉人的小說，人文的習氣很深。有許多的和民衆的生活及民衆的心理隔閑得很遠。例如搜神記中的故事，還有大部分是民衆化，而神仙傳已經文人化了。到了唐代文人化更利害。唐人的傳奇，已經成了專供知識階級欣賞的東西，不過同時民衆化的小說也是有的，如前章所引的從敦煌石室中發現的唐人的白話小說，就是一個例。如此，我們只可以說：這是民衆化的衰而文人化的盛；並不能說：是民衆化的盡變成文人化，他的自身就消滅了。我們也只可以說：民衆化的與文人化的分爲兩條路，各向各的前程發展，民衆化依然很盛行於民間，不過被舊式的文學家將他們埋沒了。

到了宋代的評話盛行以後，風氣一變；又是民衆化的盛而文人化的衰了。然文人化的潛勢力也是沒有完全消滅。

到清代的紅樓夢，儒林外史出現以後，他雖然因襲著宋人話本的面目，一樣是用白話，一樣是分回，但是他所寫的乃是貴族的生活，是士大夫的生活，而不是民衆的生活。尤其是儒林外史，他的好處，決不是民衆所能夠領會的。在晉唐以後這可說第二次文人化了。

到最近受了西洋小說的影響，好像又趨向於民衆化。在作者無不自稱爲民衆化了，但是仔細考察，現在通行的小說，果能確切的表現民衆生活或民衆心理麼？我以爲尙不能夠。種種的『歐化』語調，不是中國民衆的口吻；種種嶄新的思想，不是中國民衆的腦筋所能了解的。只可說是變態的文人化，不能說是民衆化。雖不能說全是「洋八股」，但是至少有一部分是「洋八股」。

總之，小說本是民衆化的，後來文人化了，他時時要恢復到民衆化的原狀；不過中國人過於重視文人，而忽視民衆，因此，在每一度向民衆化方面前進之後，結果卻成爲變態的文人化。而眞正的民衆化的和文人化的，自始至終。是並行的。不過這種眞正民衆化的小說，總是被埋沒了。

所以被埋沒的原因很多，大約最重要的，不外是這兩種：其一，是中國人過於忽視民衆的生活，和民衆的思想。其二，他們的自身實在是太淺薄，不能深刻的寫，有許多的文字也太不通，有這兩個大原因，就不得不在被埋沒之列。

(二)因襲原有材料及收吸外來材料的演變。中國的文人向來很看不起小說，所以小說作者的思想，很不活潑，在汗牛充棟的小說中，所有的思想，不是因襲原有的，就有收吸外來的。而外來的被甲收吸來了，又被乙因襲去，所以每次發生劇變時，必是受了外來的材料輸入的衝動。

現在先講自相因襲。在漢以前，周秦諸子中故事或寓言，多有互相雷同的。後來晉人的小說，所有的材料，也有不少是因襲的。例如下面的幾個故事，就是因襲一個故事而成的。小枝節雖有些不同，重要的部分却全是一樣。

元嘉初，武溪蠻人射鹿，逐入石穴，才容人，蠻人入穴，見其旁有梯，因上梯，豁然開朗，桑果蔚然，行人翺翔，亦不以爲怪。此蠻於路砍樹爲記。其後茫然無復恍彿。（劉敬叔異苑）

武陵源在吳中，山無他木，盡生桃李，俗呼爲桃李源。源上有石洞，洞中有乳水，世傳秦末喪亂，吳中人於此避難，食桃李實者，皆得仙（任昉述異記）

這兩個故事的結構完全是一樣。此外再有一篇陶淵明的桃花源記的結構也是一樣，不過是詞彩色更爲豐美，篇幅更長，更近於一篇獨立的短篇小說。桃花源記所以能流傳至今，就是因爲他有這個優點，而異苑和述異記上的故事，許多人不知道，就是因爲他們的表面不及桃花源記好，其實內容是一樣的。他們的大體是一樣的。無用再說；現在將他們小枝節的異同列表比較如下：

異同之

異苑故事	述異記故事	桃花源記
元嘉初年事	無時代	太元中事
蠻人射鹿	未言發現之人	漁人捕魚
未言神仙	食桃李實得仙	未言神仙
其地在武溪	武陵源在吳中	其地在武陵
逐入石穴才容人	源上有石洞	山有小口捨船從口入初極狹才通人
未詳敍	山中無他木盡生桃李	忽逢桃花林中無雜樹
其中桑麻蓊然行人翱翔	未詳敍	其中有良田美池桑竹之屬往來種作男女衣着悉如外

點	無此節	世傳秦末喪亂吳人避難於此	人自云先世避秦亂率妻子邑人來此絕境
	此巒砍樹爲記其後茫然無復恍彿	無此節	處處誌之往尋向所誌遂迷不復得路

就時代說：劉敬叔和陶源明是差不多的時候，任昉的時代比較的遲，就文學作品的本身而言，是應該簡單的在前，繁複的在後。究竟是誰因襲誰？很難斷定，但是三人之中總有兩個是因襲者。

又如下面的三個故事，也是相因襲的一個實例。

南頓張助，於田中種禾，見李核，欲持去，顧見空桑中有土，因植種，以餘漿灌溉。後人見桑中反復生李，轉相告語。有病目痛者，息李下，曰：「李君！令我目愈，謝以一豚。」目痛小疾，亦行自愈，衆犬吠聲，盲者得視，遠近翕赫。其下車騎常數千百，酒肉滂沱。間一歲餘，張助遠出來還，見之，驚云：「此有何神？乃我所種耳。」因就砍之。（晉干寶搜神記。）

汝陽有彭氏墓，近大道。墓口有一石人。田家老母到市買數片餌以歸，天熱，過陰彭氏墓口樹下。以所買餌暫着石人頭上。及去，忘取之。後來者見石人頭上有餌，求而問之。或人調云：「此石人有神，能治病，病愈者以餌來謝之。」如此轉以相語云：「頭痛者摩石人頭，腹痛者摩石人腹，還以自摩，無不愈者。」遂千里來求石人治病。初具鷄豚，後用牛羊。爲立帷帳，管絃不絕。如此數年，前忘餌母聞之，乃爲人說。無復往者。（晉葛洪抱朴子）

會稽石亭有大楓樹，其中空朽，每雨，水輒滿溢。有估客載生鱣至此，聊放一頭于朽樹中，以爲狡獪。村民見人，以魚鱣非樹中之物，咸謂有神。乃依樹起屋。牢牲祭祀，未嘗虛日。因遂名鱣父廟。人有祈請，及穢慢，則禍福立至。後估客還，見其如此，即取作臛。於是遂絕。（宋劉敬叔異苑）

又像下面的兩個故事，我們讀過之後，也覺得是後一個因襲前一個。

天都郡有幽山峻谷，而其土人有從下經過者，忽然踊出，狀如飛仙，遂絕跡。年中如此甚數。遂名此處爲「仙谷」。有樂道好事者，入此谷中，沐浴以求飛仙，往往得去。有長意思人，疑必以妖怪。乃以大石自墜，牽一犬，入谷中。犬復飛去。其人還告鄉里，募數十人，執杖，擔山草，伐木，至山頂觀之。遙見一物，長數十丈，其高隱人，耳如簸箕。格射刺殺之。有吞人骨積此左右，有成封。蟒開口廣丈餘，前後失人，皆此蟒氣所噏上。於是此地遂安穩無患。（晉張華博物志）

南中有選仙場。場在峭崖之下，其絕頂有洞穴。相傳爲神僊之窟宅也。每年中元日，拔一人上昇。學道者築壇於下，至是，則遠近冠帔，咸萃於是。備科儀，設齋醮，焚香祝數，七日而後，衆推一人道德最高者，嚴潔至誠，端簡立於壇場。餘人皆摻袂別而退。遙頂禮顧望之。於時有五色祥雲，徐自洞門而下，至於壇上：其道高者冠衣不動，合雙掌，躡五雲而上升。觀者靡不涕泗健羨，望洞門而祝禮。如是者年一兩人。次年有道高者合選，忽有中表間一比丘，自武都山往與訣別，比丘懷雄黃一斤許，贈之，曰：

「道中唯重此藥，請密置於腰腹之間，愼勿遺失之。」道高者甚喜，遂懷而昇壇。至時，果躡雲而上。後旬餘，大覺山巖臭穢。數日後，有獵人自巖旁攀援，造其洞，見有大蟒蛇腐爛其間。前後上昇者，骸骨山積於巨穴之間。蓋五色雲者，蟒之毒氣。常呼吸此無知道士充其腹。哀哉！（五代范資玉堂閒話）

此外相似的因襲的作品還很多。不必偏舉。而且不但有小說因襲小說，就是元人的雜劇，所有的材料，不是取材於史話，就是取材於唐人的傳奇。淸代的京戲，十有八九是取材於宋元小說，彼此所不同的，只不過一個表面而已。

如今再說收吸外來的材料。凡遇着有外來的故事輸入中國的時候，中國的小說家便發生一次很大的變化。把外來的材料收吸融化在中國的小說裏。從好的方面說，可說是善於收吸外國的材料而使之變融化；從不好的方面說，可說是缺乏創造的能力，而必待外國的材料輸入而後始能發生變化。兩說各有理由，暫且不論，現在單說事實，在已經過去的時間內，有三次外來的故事輸入。一次是晉至唐，這個時期的印度故事充分的輸入。一次是唐代，這個時期波斯，阿剌伯的故事的輸入。再有一次，就是清末，至最近這個時期西洋的故事充份的輸入。但是據我個人的意見，周秦時候的寓言，就是受了印度的影響而產生的，或者就是印度的寓言，充份輸入到中國來。關於這一層，必須作較詳細的討論，才能說得明白，現在我們把這一層丟開不講，只把上述三次外來故事輸入的情形講一講。

晉以後收吸由印度輸入來的材料，而作成的中國小說，可以下面兩個實例來證明他。我們先看南北朝時吳均所撰的續齊諧記中的「陽羨書生」的故事。

東晉陽羨許彥，於綏安山行。遇一書生，年十七八，臥路側，云：「脚痛，求寄彥鵝籠中。」彥以爲戲言。書生便入籠。籠亦不更廣，書生亦不更小，宛然與雙鵝並坐，鵝亦不驚。彥負籠而去，都不覺重。前息樹下。書生乃出籠，謂彥曰：「欲爲君薄設。」彥曰：「甚善。」乃於口中吐一銅盤奩子，奩子中具諸饌殽，海陸珍羞方丈。其器具皆是銅物。氣味芳美，世所罕見，酒數行，乃謂彥曰：「向將一婦人自隨，今欲暫要之。」彥曰：「甚善。」又於口中吐一女子，年可十五六，衣服綺麗，容貌絕倫。共坐宴。俄而書生醉臥，此女謂彥曰：「雖與書生結妻，而實懷外心，向亦竊將一男子同來。書生既眠暫喚之。願君勿言。」彥曰：「甚善。」女人於口中吐出一男子，年二十三四，，亦穎悟可愛。仍與彥敍寒溫。書生臥欲覺，女子吐一錦行障，書生仍留女子共臥。男子謂彥曰：「此女子雖有情心，亦不盡向，復竊將女人同行。今欲暫見之。願君勿泄言！」彥曰：「善。」男子又於口中吐一女子，年二十許。共讌酌。戲調甚久。聞書生動聲，男曰：「二人眠已覺。」因取所吐女子還內口中。須臾，書生處女子乃出，謂彥曰：「書生欲起。」更吞向男子，獨對彥坐。書生然後謂彥曰：「暫眠遂久，君獨坐當悒悒耶！日已晚，便與君別。」還復吞此女子。諸銅器悉內口中。留大銅盤，可廣二尺餘，與彥別曰：「無以藉君，與君相憶也。」彥大元中為蘭臺令史，以盤餉侍中張散，散看其銘，題云：「是漢永平三年所作也。」

這個故事，完全是根據一個印度故事而演成的。他們的重要部份，全是一樣，只不過形式上一繁一簡，一樸一華，大不相同罷了。我們再看雜譬喻經的一則：

昔梵志作術，吐出一壺，中有女子與屏，處作家室。梵志少息，女復作術，吐出一壺，中有男子，復與共臥。梵志覺，次第互吞之，柱杖而去。

我們再把唐人鄭還古的杜子春傳和西域記中的烈士池對照一下，看他們是怎樣。杜子春傳云：

杜子春者，周，隋間人。少落魄，不事家產。以志氣縱，嗜酒邪遊，資產蕩盡。投於親故，皆以不事事之故見棄。方冬，衣破腹空，徒行長安中，日晚未食，彷徨不知所往，於東市西門，饑寒之色可掬，仰天長吁。

有一老人策杖於前，問曰：「君子何歎？」子春言其心，且憤其親戚疎薄也。感激之氣，發於顏色。老人曰：「幾緡則豐用？」子春曰：「三五萬則可以活矣。」老人曰：「未也。更言之。」「十萬。」曰：「未也。」乃言百萬。亦曰：「未也。」曰：「三百萬。」乃曰：「可矣。」於是袖出一緡曰：「給子今夕。明日午時，俟子於西市波斯邸。愼無後期。」

及時，子春往，老人果與錢三百萬，不告姓名而去。子春既富，蕩心復熾，自以爲終身不復羈旅也。乘肥，衣輕，會酒徒，徵絲竹，歌舞於倡樓，不復以治生爲意。一二年間，稍稍而盡。衣服車馬，易貴從賤。去馬而驢，去驢而徒。倏忽如初。

既而復無計，自嘆於市門。發聲而老人到。握其手曰：「君復如此。奇哉！吾將復濟子，幾緡方可！」子春慚不應。老人因逼之。子春愧謝而已。老人曰：「明日午時來前期處。」子春忍愧而往，得錢一千萬。

未受之初，發憤以爲從此謀生，石季倫，猗頓小豎耳。錢既入手，心又翻然。適縱之情，又却如故。不三四年間，貧過舊日。

復遇老人於故處。子春不勝其愧，掩面而走。老人牽其裾止之，曰：「嗟乎！拙謀也。」因與三千萬。曰：「以此不痊，則子貧在膏肓矣。」子春曰：吾落魄邪遊，生涯罄盡。親戚豪族，無相顧者。獨此叟三給我，我何以當之！」因謂老人曰：「吾得此，人間之事可以立，孤孀可以足衣食，於名教復圓矣。感叟深惠，立事之後，唯叟所使。」老人曰：「吾心也。子治生事畢。來歲中元，見我於老君雙檜下。」子春以孀孤多寓淮南，遂轉資揚州，買良田百頃，塾中起甲第，要路置邸百餘間，悉召孤孀分居第中，婚嫁甥姪，遷祔旅櫬，恩者煦之，讎者復之。既畢事，及期而往。

老人者方嘯於二檜之陰。遂與登華山雲臺峯。入四十里餘，見一居處，室屋嚴潔，非常人居，綵雲遙覆，鸞鶴飛翔。其上有正堂，中有藥爐，高九尺餘，紫焰光發，灼煥窗戶，玉女數人，環爐而立，青龍白虎，分據前後。其時日將暮，老人者不復俗衣，乃黃冠絳帔士也。持白石三丸，酒一巵，遺子春，令速食之，訖，取一虎皮鋪於內，西壁東向而坐，戒曰：「愼勿語，雖尊神，惡鬼，夜义，猛獸，地獄，及君之親屬爲所囚縛，萬苦皆非眞實；但當不動不語，宜安心，莫懼，終無所苦，當一心念吾所言。」言訖而去。子春視庭唯一巨甕，滿中貯水而巳。

道士適去，而旌旗戈甲，千乘萬騎，遍滿崖谷，來呵叱之，聲動天地。有一人稱大將軍，身長丈餘，人馬皆着金甲，光芒射人，親衞數百人，拔劍張弓，直入堂前呵曰：「汝是何人？敢不避大將軍！」左右竦劍而前，逼問姓名，又問作何物。皆不對。問者大怒，催斬，爭射之，聲如雷。竟不應。將軍者極怒而去。

俄而猛獸，毒龍，狻猊，獅子，蝮蛇萬計，哮吼拏攫而前，爭欲搏噬，或跳過其上。子春神色不動。有頃而散。

既而大雨滂澍。雷電晦瞑。火輪走其左右，電光掣其前後，目不得開。須臾庭除水深丈餘，流電吼雷，勢若山川開破，不可制止。瞬息之間，波及坐下。子春端坐不顧，未頃而散。將軍者復來，引牛頭獄卒，奇貌鬼神，將大鑊湯而置子春前，長槍刃叉，四面周匝，傳命曰：「肯言姓名，卽放；不肯言，卽當心叉取，置之鑊中。」又不應。因執其妻來，捽於階下，指曰：「言姓名，免之。」又不應。乃鞭棰流血，或射，或斫，或煮，或燒，苦不可忍。其妻號哭曰：「誠爲陋拙，有辱君子，然幸得執巾櫛，奉事十餘年矣；今爲尊鬼所執，不勝其苦，不敢望君匍匐拜乞，但得公一言，卽全性命矣。人誰無情，君乃忍惜一言，」雨淚庭中，且咒且罵，子春終不顧。將軍且曰：「吾不能毒汝妻耶？」令取剉錐，從脚寸寸剉之。妻叫哭愈急，竟不顧之。將軍曰：「此賊妖術已成，不可使久在世間。」勅左右斬之。斬訖，魂魄被領見閻羅王。王曰：「此乃雲臺峯妖民乎，促付獄中。於是鎔銅，鐵杖，碓搗，磑磨，火坑，鑊湯，刀山，劍林之苦無不備嘗；然心念道士之言，亦似可忍，竟不吟呻。

獄卒告受罪畢。王曰：「此人陰賊，不合得作男，宜令作女人。」配生宋州單父縣丞王勤家，生而多病，針灸醫藥之苦，略無停日，亦嘗墮火，墮牀，病若不齊。終不失聲。俄而長大，容色絕代，而口無聲，其家目爲啞女，親戚相狎，侮之萬端，總不能對。同鄉有進士盧珪者，聞其容而慕之，因媒氏求焉。其家以啞辭之。盧曰：「苟爲妻而賢，何用言矣，亦足以戒長舌之婦。」乃許之。盧生備禮親迎，爲妻數年，恩情甚篤。生一男，僅二歲聰慧無敵。盧抱兒與之言，不應。多方引之，終無辭。盧大怒曰：「昔賈大夫之妻鄙其夫，纔不笑，然觀其射雉，尙釋其憾。今吾陋不及賈，而文藝非徒射雉也，而竟不言，大丈夫爲妻所鄙，安用其子，」乃持兩足以頭撲於石上，應手而碎，血濺數步。子春愛生於心，忽忘其約，不覺失聲云：「噫！」

噫聲未息，身坐故處；道士者亦在其前，初五更矣。見其紫焰穿屋上，大火起，四合屋室俱焚。道士嘆曰：「措大誤余乃如是！」因提其髻投水甕中，未頃火息。道士前曰

：「吾子之心，喜怒哀懼惡欲皆能忘也，所未臻者愛而已。向使子無噫聲，吾之藥成，子亦上仙矣。嗟乎！仙才之難得也！吾藥可重煉，而子之身猶爲世界所容矣。勉之哉」遂指路使歸。子春強登臺觀焉。其爐已壞，中有鐵柱，大如臂，長數尺，道士脫衣，以刀削之。

子春既歸，愧其忘誓，復自劾以謝其過。行至雲臺峯，絕無人跡，歎恨而歸。

西域記中「烈士池」的故事云：

施鹿林東行二三里，至窣堵波旁，有涸池，周八十餘步，一名「救命」，又謂「烈士」聞諸先志曰：數百年前，有一隱士，於此池側，結廬屏迹，博習技術，究極神理。能使瓦礫爲寶，人畜易形。但未能馭風雲，陪仙駕。

閱圖考古，更求仙術。其方曰：「夫神仙長生之術也。將欲求學，先定其志。築建壇場。周一丈餘，命一烈士，信勇昭著，執長刀立壇隅，屏息絕言，自昏達旦。求仙者中壇而坐，手按長刀，口誦神咒，收視反聽，遲明登仙。所執銛刀，變爲寶劍。凌虛履空，王諸仙侶。執劍指揮，所欲皆從，無衰無老，不病不死。」

是人既得仙方，行訪烈士，營求曠歲，未諧心願。後於城中，遇見一人，悲號逐路。隱士覩其相，心甚慶悅，卽而慰問：「何至怨傷？」曰：「我以貧窶，傭力自濟。其主見知，特深信用。期滿五載，當受重賞。於是忍勤苦，忘艱辛。五年將周，一旦違失。旣蒙笞辱，又無所得，以此爲心，悲悼誰恤！」隱士命與同游，來至草廬。以術力故，化具肴饌。已而令入池浴，服以新衣。又以五百金錢遺之，曰：「盡，當來，幸無外也。」

自時厥後，數加重賂，潛行陰德。感激其心。烈士屢求効命，以報知己。隱士曰：「我求烈士，彌歷歲時，幸而會遇，容貌應圖，非有他故，願一夕不聲耳。」烈士曰：「死尙不辭，豈徒屛息！」

於是設壇場受仙法。依方行事，坐待日曛。曛暮之後，各司其務。隱士誦神咒，烈士按銛刀。殆將曉矣，忽發聲叫。是時空中火下，烟焰雲蒸，隱士疾引此人，入池避難。

已而問曰：「誠子無聲，何以驚叫」烈士曰：「受命後，至夜分，昏然若夢，變異更起。見昔事主，躬來慰謝。感荷厚恩，忍不報語。彼人震怒，遂見殺害，受中陰身，顧屍歎惜。猶願歷世不言，以報厚德。遂見托生南印度大婆羅門家，乃至受胎出胎，備經苦阨。荷恩荷德，嘗不出聲。及乎受業冠婚，喪親生子。每念前恩，忍而不語。宗親戚屬，咸見怪異。年過六十有五，我妻謂曰：「汝可言矣！若不語者，當殺汝子」。我時惟念已隔生世，自顧衰老，惟此稚子，因止其妻，令無殺害，遂發此聲耳。」隱士曰：「我之過也！此魔嬈耳。」

烈士感恩，悲事不成，憤恚而死，免火災難。

故曰「救命感恩而死，」又謂烈士池。

除了印度以外，在唐代再有充份的阿刺伯或波斯的故事輸入中國，便爲中國的小說及傳說添了許多新的材料，在唐代，中國和阿刺伯及波斯由紅海通商，那些商人，住在中國的很多，大概以販賣珠寶爲業，舉止豪奢，當時李商隱的雜纂。有「窮波斯」的話，（按波斯人是不會有窮的，說「窮波斯」，是說反話取笑）。這話至今，尙流傳於江浙一帶的民間。又皖南民間也有「識寶囘子」的這個名稱，意思是說認識寶物的囘教人。既是囘教人，當然和阿剌伯人有關，或竟是阿剌伯人。再參考唐人的小說，其中說到西域賈胡識寶的故事很多，他雖混稱西域賈胡，或混稱胡人，但所指的就是波斯人或阿剌伯人。我們從各方面看起來，可知道阿剌伯或波斯的故事，和中國的小說及傳說有怎樣的關係。

阿剌伯的故事普徧流傳於全世界上的，有天方夜談一書：此外美國歐文華盛頓的大食故宮餘載中間所記的，也都是阿剌伯的關於神怪的故事。（今於二書名稱，皆從林譯中文本名）現在我們把兩個中國傳說和一個大食故宮餘載中的故事比較一下，第一個傳說是流傳在皖南地方的大概說：

有個地方，名叫金雞䃜。那山中間藏着一隻活的金雞，每天有一定的時候，出來啼一回，但是人們無論如何都捉他不着。

那時有個農人，生了一個孩子，年紀已經十歲了，但是終年害病，瘦弱得不堪，只有一個頭長得特別的大。一天，被識寶回子看見了，就願出重價將孩子買去。孩子的父母問他買去何用？他不能不說真話，就說道：「因爲這孩子的頭顱中間，藏着一個金碗，拿這金碗盛了飯去喂金雞，就可趁勢把金雞捉住。」

農人聽見了，就不肯把孩賣給他；只把孩子打死了，果然從他腦袋裏取出一個金碗來。他就盛了飯，到金雞䃜去喂金雞。果然金雞從山裏出來。

但是農人的膽子小，看見金雞出來，嚇了一跳，連忙把金碗拋去。立刻地上裂了一條縫，金碗滾入縫裏，金雞也飛入山裏去，從此永不出來了。據說，是農人不等金雞來吃飯時再捉，早驚動了他，所以沒捉到。

再有一個是流傳在浙江石門縣地方的。大概說：

那地方有一道石壁，壁上有石門。但是終年閉着不開。那時有個農人，種着冬瓜，瓜籐雖然很茂盛，卻只結了一個瓜，而那個瓜倒非常的大，比尋常瓜大到十幾倍。

一天，有個江西人，願出重價買他的冬瓜？農夫自然問他買去何用？江西人也不能不說眞話。他說道：「這冬瓜就是一個鑰匙，只要拿他把石門衝三下，他就開了，中間有許多的寶貝，任你去取」。

農夫聽了這話，自然不肯把冬瓜賣掉，只是自己拿去衝石門，果然石門被他衝開了，但農夫走了進去，石門又自己閉起來，將農人關在裏面，永遠不能出來。

後來據那江西人說：「去時要兩人同去，一人入內，一人在外，把冬瓜也留在外面。等到午刻將到，在外面的人，再拿冬瓜把石門衝三下，石門就可再開，裏面的人，纔好出來，但是一到未刻，就是再衝也沒用了，令農人一人獨去，而且把鑰匙帶在鎖裏面，怎能走出來呢？」

這兩個傳說，一個說「識寶囘子」，一個說「江西人」。識寶囘子四字的意義前面已經說過，江西人呢？因爲阿刺伯人流寓於中國的，多在廣東，而中國在海道未通以前，由廣東到長江流域及黃河流域，江西爲必經之路，想當時江西人信囘教的很多，所以這裏的江西人，就是指囘教人。所以我們只就「識寶囘子」和「江西人」幾個字，就可以知道這種傳說是「阿刺伯化的神話」了。我們再拿他和大食故宮餘載中的神話比較比較看。

在西班牙某處地方，（按西班牙當年曾被阿刺伯人征服，大食故宮餘載，即記阿刺伯人遺留在西班牙的故宮中的事。）有個挑水夫，名叫批得魯幾而，他有一天夜裏，在路上遇見一個有病的囘人，囘人要在他家裏借住一夜，批得魯幾而答應了。但是一到夜裏，囘人就死。臨死時，送了批得魯幾而一個檀香小盒，說是酬答他留宿的好意。

挑水夫見囘人死在他家裏，怕惹起命案，他就趁天沒明，把尸身運往外面去埋了。誰知他們對門住的一個理髮匠，素喜窺伺人家的私事，這囘批得魯幾而的事，都被他看見，明天，他就乘機告訴當地的刑官。刑官立刻叫差役把批得魯幾而捉了來，審判結果，因爲死者是異國人，又無謀財嫌疑，就含糊了事。

批得魯幾而雖然被釋，然窮極無聊。一天，把那檀香小盒，送給一個囘人看。只見盒子中間藏的是一捲破紙，上有阿刺伯字，再有一支殘燭。囘人說：「這一捲紙是咒符。故宮中某處塔下，都是埋得金珠寶石，只要點了這枝燭，讀一讀符咒，地上就裂了縫，可以走到塔下去取寶。」

批得魯幾而大喜，一天夜裏，和囘人同去如法試行，果然取了許多珠寶囘來。因此批得魯幾而就變成富翁了。

然而批得魯幾而貧人暴富，自然惹人家注意，都個理髮匠復去報告刑官，刑官又命差役把批得魯幾而捉了去。

批得魯幾而對刑官說了實話。且說：「塔下的珠寶還不知多少，我們眞是取不完，不如不要聲張，我們大家同去發財。」

刑官聽了他的話，於是批得魯幾而，回人，刑官，理髮匠，差役，一共五人，在夜裏同去取寶。

果然又取了不少的珠寶出來。但刑官的貪心無厭，還要再取。回人就叫他和理髮匠差役同入地下去取。待他們剛走下去，回人念一念咒，那地上的裂縫，碎然一聲合起來，回人也把那枝殘燭抛入亂山中去，既失了燭，又無人念咒，地上再也沒有裂縫，刑官等三人就永遠被關在塔下了。（這是用白話略述大義，原文見林譯本大食故宮餘載一百十一頁至一百二十六頁）。

這個故事，雖然比較的複雜一些，但是用『法術向地下取寶』是一樣的。「貪心的人被關閉在地下」是一樣的。可說是重要的部份完全相同。我們看了這個故事，可知道前兩個中國的傳說是受了阿刺伯的影響。況且他們又言明了「識寶囘子」和「江西人」麼！

像這一類的故事，在天方夜談中也有。現在無暇多錄，讀者如已經讀過天方夜談的，自然可以知道；沒讀過天方夜談的，也可以隨意讀一下，以供參考。這書除前已有譯本外，今又有比較更淺近的白話譯本。阿刺伯的傳說來雜在中國的傳說裏。我們已經知道了。再說這樣的傳說在南北朝時已經開始輸入進來，而到唐代爲極盛。後來到淸代人的筆記中，也仍可發現這一類傳說。今選錄幾個如下，以見一斑，並詳列唐人小說中這一類的故事的名目，以供參考。

王曠家的石頭

永康地方有人，名叫王曠，他家裏的井邊有一塊洗衣石。石上常常放出紅光來。後來有兩個胡人，寄宿在他家，見了這塊石頭，就說要買他。王曠答應了他，但還沒有成交，胡人暫時往旁的地方去了。

王曠的媳婦孫氏，看見有兩個黃色的鳥子在石上相鬥，就去捉他。才捉到時，就變了兩塊金子。

過了幾天，胡人又回來了。不知道孫氏捕捉鳥子的事，出了重價，把這塊石頭買了下來，把他敲破了一看，不禁大吃一驚。說道：「裏面有寶，現在那裏去了。如何只賸下兩個凹處，正如鳥子一般，鳥子往那裏去了？」（原見南北朝劉宋時劉敬叔所作異苑）

陸顒肚裏的食麵蟲

陸顒是唐代時候的太學生，他自小喜吃麵，而容貌枯瘦，和常人不同。他在太學時，有幾個胡人帶了許多的食物，尋到他的寓所，請他吃。說道：「我們都是外國人，因爲仰慕中國的文化，所以不嫌路遠，爬山過海，走到中國來。到了京城，遇見了你，見你容貌莊重，眞是儒生，所以願意和你訂交做個朋友。」當時那幾個胡人和陸顒歡敍了一天，才分別而去。

明天，他們又來了。並帶了許多綢緞等物，送給陸顒，百般的奉承他。

陸顒把這件事和旁的太學生談起。他們都說：「那幾個胡人這樣奉承你，恐怕不是懷着好意，恐怕和你不利罷！你不要被他們所害。你還是移出太學，住在城外去，暫時避他一避，看他們是怎樣。」陸顒信了這些人的話，果然移出太學，住到城外去。

卻也奇怪！陸顒住的地方沒有告訴胡人，胡人已經知道了；隔了幾天，就尋到那裏去，對陸顒道：「陸先生！你不必避我們，我們自然知道你的住址。好了，如今不比在太學時了，在太學時，那邊人多，我們有話不便說，如今可以說了。」

陸顒問道：「你們有甚麼話說？」胡人道：「你不是喜歡吃麵麼？」陸顒道：「正

是。」胡人道：「你要知道：吃麵的不是你自己，乃是你肚裏的蟲。」陸顒道：「蟲爲甚麼喜歡吃麵呢？」胡人道：「這是麥的關係。原來麥是秋天下種，夏天成熟，四時中和之氣，他都受着，所以那蟲喜歡吃麵，因此蟲也受着四時中和之氣，他就成了寶物。現在你肯把蟲送給我們麼？如能送給我們，和你無害，和我們却有利。」陸顒道：「蟲在我肚裏，怎樣取出呢？」胡人道：「我們有藥給你吃下，你就可以吐出。」當時陸顒答應了他們，他們就拿出一粒紫色的丸藥來給陸顒吞了，果然丸藥才吞下肚去，就哇的一聲，嘔出一件東西來；形如蛙蟆一般，約有兩寸多長，顏色是青的。胡人大喜道：「這就是食麵蟲了。陸先生！你不信麼？你可以拿些麵來給他吃，試試看！」陸顒就拿了麵給蟲吃，果然不多一刻工夫，就吃了一斗麵。

胡人把食麵蟲放在一個金盒子裏，辭謝陸顒欲去，並對陸顒說：「這蟲在你肚中，我們在很遠的地方就看見他的光彩，所以你在太學，我們能知道，你移居在這裏，我們也能知道。如今蟲已吐出，你如遷移，我們就不能知道了。所以你切不可遷移，明天我們再來謝你。」說罷，便攜着金盒而去。

明天，果然帶了十輛車的東西來謝陸顒，都是些金玉珠寶之類。陸顒因此變了富人。他自此也不喜歡食麵了，身體也慢慢的胖起來，不像以前那樣枯瘦了。

過了一年多，那幾個胡人又來探望陸顒。談了一回別後的話，又問陸顒道：「你願同我們往海裏去遊玩麽？現在我們要往海裏去探寶，你如願去，就可同去看看海中的世界。」陸顒答應了，就和他們一同去。

他們到了海邊，胡人就在岸上造起屋來，把銀鍋盛了油膏，下面燒着火，把那食麵蟲放在滾油中煉。煉了七日，七夜，不斷火，那時海底的水怪已感着不安了。

只見海中的波浪忽然分開，有個披髮靑衣的童子從波浪中現身出來，手裏捧了一個紅盤，盤中盛的都是徑寸大的珠子。童子將珠子獻與胡人，胡人不受，而且大駡他一頓。童子捧了紅盤，仍沒入海裏去。

停了一回，波浪中又現出一個美女來，捧着紫玉盤，盤中盛得都是大珠子，把他獻與胡人，胡人不受，而且大罵他一頓。美女捧着玉盤依舊沒入海裏去。

停了不多一回，再有一位紫帔碧冠的仙人從波浪中現出，手裏捧了一盤，盤中盛的一粒大珠，圓徑十寸，光照十步，仙人把大珠獻與胡人，胡人才受了。仙人沒入水裏去。胡人把煉蟲的火息了，笑對陸顒道：「這顆珠是頂寶貴的，現在被我們求得了。」他們把火息了之後，那海裏的水怪自然也安樂了。這裏再看那食麵蟲，雖然被煉了七日七夜，還是活潑潑的像沒有煉過一樣。

胡人得了大珠，一口吞入肚裏，對陸顒說道：「我吞了這粒珠，就可以入海；你但跟着我走，只管大膽，保你無礙。」陸顒手執著胡人的帶子，一同走入海中，只見海水兩面分開，他們在海底行走，如在平地一般，鱗介之屬無不望風迴避。他們任意遊覽龍宮蛟室，沒一處不走到，珊瑚珠寶，徧地皆是，任便他們採取。他們在海底游覽了一夜，所得珠寶已不知多少。

他們上岸以後，把所得的珠寶分了一些給陸顒，陸顒把他賣掉，已成了大富人。（

原見唐代張讀所作宣室志）

南京人家裏的天然日晷

在清代初年時，有個西域人，住在南京，一天他看見人家一塊石頭，就要向人家買去，那人見這塊石頭被西域胡人看中了，定是寶物，故意向他討很高的代價。因此，反復商議買了好幾次，沒有買妥。

那人想：「這塊石頭定是寶物了。可惜我們早沒有知道，被灰塵堆積在上面，一點也沒有光彩。倘然把牠洗洗淨，磨磨光，那胡人見了，豈不是更要歡喜麼！」他這樣的想着，就把那塊石頭洗了一洗，磨了一磨，自己覺着很得意，以爲明天那個胡人來，一定肯出更高的代價了。

明天那個胡人果然又來了。他一見了那塊石頭，大吃了一驚，接着歎了一口氣道：「壞了！壞了！好好的一件寶物，被你們弄壞了！現在你們送給把我也不要了。」

那人當然是很懊悔，但是明明一塊原石頭，爲甚麼壞了，他還沒有知道。就問那胡人道：「到底壞在甚麼地方？」

胡人答道：「這塊石頭天然有十二個小孔，每一小孔代表每天的一個時辰，到了其時，就有個紅蟢子出來在孔上結一個網，到了第二個時辰，那紅蟢子又在第二個孔上結網。後網結成，前網自然消滅。所以看了蟢子的網，就可知道時刻。這塊石頭是天然的日晷，眞是寶物。不過那蟢子現在被你磨壞了，還有甚麼用呢？」那人聽了西域胡人的這番話，雖然懊悔，也已無及了。

支硎山的玉蟹

支硎山是蘇州著名的地方，相傳有晉代高僧支道林的遺跡在那裏。

那邊也有一個西域胡人的傳說。原來那邊有一道泉水，從山上的石縫裏流下來，非常清潔，就是在夏天不下雨的時候，那泉水也不乾。

一天，有個西域胡人到那裏遊玩，看見這泉水，就知道那邊有寶，他就守在那裏，日夜不離。

如此過了半個多月，被他取去一個玉盤子，那玉盤子當然是寶物。（以上兩個皆見清代王士禎所作香祖筆記）

現在再將唐人小說中關於這一類的故事的名目。列表如下：

（1）魏生的故事	原化記
（2）關於水珠的故事	牛氏記聞
（3）嚴生的故事	宣室志
（4）關於玉清三寶的故事	又
（5）關於龜寶的故事	金華子
（6）胡氏子的故事	錄異記
（7）韋弇的故事	神仙感遇傳

（8）崔煒的故事　　裴鉶傳奇

（9）成弼的故事　　廣異記

（10）關於寶珠的故事　　又

（11）閬州莫徭的故事　　又

（12）劉貫詞的故事　　續玄怪錄

（13）句容左史的故事　　異疾志

我們再看中國小說收吸從西洋輸入來的材料是怎樣？他是取西洋小說的結構，做成中國式的小說，和「鵝籠書生」及「杜子春傳」取材於印度故事一樣。這種作法，到現代已絕對沒有人再作了，但是西洋小說初步輸入中國時，却有這樣的情形。我們試看前清同治十一年四月十五日至十八日申報上所載的談瀛小錄完全是取材於格利物遊記。其文云：

某，籍隸甬東，家世以懋遷爲業。父生四子，予，（某自稱）乃三索所得者。幼曾學書，至將冠時，父挈之賈遊，每附海舶抵澎湖，廈門等埠，貿易貨貝。數年，父病歿，生意日漸蕭條，貲產亦漸消耗，正無可爲計，適有一富號業沙船走閩廣者，延司舶中會計交易事，遂襆被登舟，前赴瓊山。於初解纜放洋，行近海南，忽遇颶母狂飆，浪高百丈。（以下述舟覆於海，及飄流至「小人國」事，即全譯格利物遊記原文）

這一篇小說開頭說某爲甬東人，又說前赴瓊山云云，已將格利物的故事變成中國人的故事。但是故事的本身仍和格利物遊記是一樣。

再看同治十一年四月二十三日申報所載「一睡七十年」完全是取材於美國歐文的李迫大夢。其文云：

昔陳摶善睡，每睡必數百年，或千年，不等。又王質入山採樵，遇二人對弈，觀之忘返，洎終局，而所執之斧柯已爛。此皆言神仙之事，語殊荒誕。相傳有魏某者，家僅中人，世居於鄉，依山爲屋，頗具園亭池沼之勝。魏少好讀書，不求甚解，洎長，又習技擊之術，稍通其藝，輒棄之，以爲皆無足學。而獨嗜「道家」書，有棄家遯世之想，娶妻後，生子女各一，自此益無窒礙。獨居園中，冥心物外，每見庭鳥翺翔，池魚游泳，花開花落，雲去雲來，覺觸境無非化機，於是益洒然有悟，一日獨行山中，見一兔，甚馴健，因以火槍逐之，逐入山深處，野花夾徑，老樹參天，迤邐行來，却忘遠近，忽遙見前山似有人影，亟赴之，乃龐眉皓首三老人也，均席地坐而弈。見魏來，皆驚曰：「汝何得至此？」魏具以告。一老人曰：「子來亦有前緣。」因罷弈，起，引魏至一洞口，石門雙閉，老人以手推之，豁然洞開，隨之入，初極狹，纔通人，側身行數百步，始見天日，縱目四顧，風景迥殊，良田美疇，綠槐修竹，花紅似錦，碧草似茵，煙橫遠山，橋通小徑，潺潺碧水，環繞村前，所謂別有天地，非復人間世矣。於是隨至一所，屋宇清潔，陳設雅麗，魏至此，身心俱適，知老人非常人，因叩以此爲何處，老人但笑而不言。須臾，攜酒一罇，色紺碧，嗅之，香氣撲鼻，與之飲，魏量素豪，滿飲而盡，其味芳冽。時已日夕，魏欲求去，甫起立，便覺不支。強行數武。老人曰：「子醉矣！曷在此下榻一宵乎！」魏諾之。遂引入室。魏隱几而臥，及醒，則日已向午，向之屋宇均不見，身蓋臥山中老松下也。魏大異之。自思昨日之事，歷歷在目，豈夢中所爲耶？卽覓所攜火槍，則繡花斑駁，物固依然，而一觸手間，已腐爛不可持矣。惘惘不解，取道而歸。歸，則城市如故，人民已非。至家，叩門，一老者出啓戶，問客何來？魏言：「我固某某此吾家也，汝何人斯？而在於」老者訝曰：「某爲吾祖，於某年入山不返，今已七十餘年矣！汝何人斯？乃敢來假冒乎？」魏乃具言其故。老人疑信參半。時村中聞有此事，咸來問訊，魏視之，皆非舊識，鄉村一老翁，年八十餘，兒時常來往魏家，素識魏，聞之，杖而來，見魏，乃大驚曰：「幼時見君，容色固如此，今我已衰邁，而君尚如故耶？」衆疑乃釋。魏詳詢家事，知其妻去世已久，子亦於數年前卒，孫年已五十餘矣。因感歎久之，居數日，復入山，不知所終。

這篇小說前面說魏某的家庭生活，及嗜「道家」言云云，已將李泊著上中國裝，居然是中國小說。但是故事的本身仍是和歐文所說的故事是一樣。

從這兩節小說看來，我們可以知道當西洋小說初步輸入中國時的情形是這樣。

同時，我們可知道中國的小說每遇實質有大變化時，都是收吸的外來的材料。對於印度，對於波斯阿剌伯，對於西洋，無不是如此。

我們把收吸西洋小說的情形說明白了，如今再須補敘一件事情，就是在戰國時印度的傳說已經輸入到中國來，而混雜在中國書中。

這一說未免太奇怪了，有許多的人聽了，都不以爲然。但事實確是如此。前三四年，我以爲墨子就是印度人，一時惹起許多人的反對，結果還是他們駁不過我的話，只好默默的不贊成，而無法公然反對。我們要說明在戰國時已經有印度的傳說夾雜在中國書中，應當先把墨子是印度人的一說肯定了，然後能彀說下來。關於墨子是印度人的問題，我另有墨子學辨一書，話太長了，這裏不能多引，只好認爲已經肯定了，我們再把混雜莊子中的印度故事和混雜在楚辭中的故事舉出來。（如單舉這兩個例。還嫌不能充份的證明我的話不錯，故必連墨子一起說。這是我應該聲明的話。）

莊子至樂篇云：

俄而柳生其肘

此句頗不易解。王先謙說：「柳字就是瘤字。是同音字借用的。」如此說來，未免使原文的意義太淺薄了，我以爲這就是收吸一個印度故事的大意。這故事曾見於西域記中。大略說：

在上古時，有一仙人，居住殑伽河側，淒涼入定，不計歲年。形如槁本枯枝，心若死灰頑石。有飛鳥過於空中，所銜果子，適落在仙人肩上，忽忽數年，其果子乃由萌芽生葉，長成大樹，有羣鳥作巢於樹上，仙人欲去樹，搔癢，恐要覆巢驚鳥，便又默坐不動，時人重其美德，稱爲大樹仙人。

印度故事泛稱「樹」莊子改爲「柳」印度故事說「樹生於肩」「莊子說「柳生於肘」。這是無關緊要的。至於重要的部份，就是修仙學道的人，靜坐不動，心死神槁。雖然樹木生在他身上，他也不覺得難過，這是彼此一樣的。而這種思想又非中國所固有的，所以可決定他是收吸印度的故事。

再看楚辭的天問篇云：

夜光何德？死則又育。厥利維何？而顧菟在腹。

菟，又作兔。這就是後世所傳的「月中兔」的故事。其出處以楚辭爲最早，後人解釋楚辭，所引諸書，反都在楚辭之後。我以爲後世諸書，多出於楚辭，不能引他解釋楚辭。而楚辭原文的語氣，又是先有一個故事，而作這幾句文，但這個故事在中國書中竟找不到，只在西域記中發現。西域記說這個故事大意如下：

> 烈士池西又有三獸塔，原有一狐，一兔，一猿，同居林中。雖爲異類，彼此相親。天帝欲試三獸之心，乃變爲龍鍾老叟，與三獸同遊。又言「今正饑餓。苦不得食。」於是三獸皆言：「當盡力覓取食物，供老人果腹。」言罷，分途而往。片刻，狐於水邊啣得一鮮鯉而來，猿於林中採得佳果而至，一幷投於老人之前。只有兔是空還，一無所有。於是不勝慚愧。老人也稱贊猿狐，輕視此兔，兔乃對猿狐說：「請你們取些柴來燒火，我方有食物供給老人。」狐猿聞言，果然取了些柴來燒火，火燒得正旺時，兔對老人

說：「老人！愧我無能，找不到食物給你吃，今以我身供你一飽。」說罷，便跳入火中燒死。老人至此，立刻回復原形，變爲天帝，收拾兔骸，感歎良久。乃命此兔轉生月輪之中，得享受淸涼之福。且使萬人瞻仰，傳於無窮。後人於兔子焚身之地，立塔紀念，稱爲三獸塔。

我們把這兩條仔細的硏究一下，並參考墨子學辨，很可以知道戰國時中國的書中收吸印度傳說的情形。

第五章　現代小說

現代小說，是指最近在中國最通行的小說，也是我們以後作小說所當視爲標準的小說。不論長篇或短篇。都包括在裏面。他所具的特質是如下，尤其和中國原有小說有分別。現在大略說說：

（一）是用現代語寫，脫盡了古代文言的遺迹。

（二）絕對是寫的，不是說的，絕對脫盡了說書的遺迹。

（三）所寫的是一般人的日常生活，不是特殊階級的特殊生活。

（四）絕對脫離盡了神話和寓言的意味。

（五）結構無妨平淡，不必曲折離奇。

（六）結構却不可不縝密，絕對不可鬆懈。

（七）注意能表現出民衆的生活實況，及某地方的人情風俗。

（八）注意於人物描寫的逼真，和環境與人物配置的適宜。

以上八點，就是現代小說的特質，也就是現代小說和中國原有的小說不相同的地方。

這種小說的範圍當然是比較的最小；但是他的界限却比較的最嚴，並不是隨便甚麼相似的作品都可混雜在其中。作起來也是比較的最難。

關於這種小說的作品的實例，現在坊間出版的很多，這裏不暇徧舉。關於這種小說的作法，坊間也有專書，讀者都可以自由取來參考。

這種小說，當然是受了西洋小說的影響而產生的，更不用多說。

第六章　研究中國小說參考的書目

專門研究中國的專書或論文，近人所作，於近二十年來發表的很多。雖不能說絕對的好，但是很可以供給我們做參考的材料。專書很容易找到，論文散見在報紙。或雜誌上，有許多已不容易找到。現在據我所知道的分別開列目錄如下：

（一）研究中國小說的專書

中國小說史略　魯迅

中國小說史　日本鹽谷温著郭希汾譯（爲中國文學概論之一部份）

中國小說史大綱　張靜廬

小說舊聞鈔　魯迅

小說叢考　錢靜芳
小說考證　蔣端藻
小說考證續編　前人
小說考證拾遺　前人
小說枝談　前人
石頭記索隱　蔡元培
紅樓夢索隱　沈瓶庵
紅樓夢辨　俞平伯
小滸改錯　梅花生
中國小說史　范烟橋
紅樓夢本事辨證　壽鴻飛
中國小說研究　胡懷琛（萬有文庫本）

中國小說研論　日本鹽谷溫著新民譯（與郭希汾譯同一原本）

中國小說史綱　孫俍工

（二）散見報紙或雜誌上的論文

篇名	作者	刊物
論水滸七十二回古本之有無	俞平伯	小說月報
巴黎國家圖書館中之中國小說與戲曲	鄭振鐸	小說月報
日本內閣藏中國小說戲曲書目	董康	國學
談中國小說	俞平伯	小說月報
虞初小說回目考釋	顧頡剛	語絲
鏡花緣與中國神話	馮沅君	語絲
中國古代神話之研究	馮承鈞	國聞週報
京本通俗小說與清平山堂	日本長澤規矩也著東上譯	小說月報
關於三寶太監下西洋的幾種資料	向覺明	小說月報

四游記雜識	趙景深	文學週報
書柳敬亭事	范烟橋	小說世界
再書柳敬亭事	范烟橋	小說世界
女說書之源流	范烟橋	小說世界
彈詞話	范烟橋	小說世界
韓小窗之鼓詞	何海鳴	小說世界
讀西青散記	張慧劍	小說世界
太陽神話研究	趙景深	文學週報
自然界的神話	玄珠	一般雜誌
記全相平話三國志	日本鹽谷温著夏雲譯	小說世界
舊本三國演義版本的調查	馬廉	中山大學圖書館報
水滸的演化	鄭振鐸	小說月報

水滸傳新考	胡適	小說月報
三國志演義的演化	鄭振鐸	小說月報
柳翠傳說考	日本青本正兒著鄭師許譯	小說世界
幾則小說史料	胡懷琛	小說世界
中國小說的分類及其演進的趨勢	鄭振鐸	小說世界
稗官辨	胡懷琛	小說世界
山海經考證	陸侃如	中國文學季刊
紅樓夢年月摘疑	何壽慈	中國文學季刊
舊小說新銓	陶希聖	社會與教育
河伯娶婦志疑	胡懷琛	小說世界
河伯事跡叢錄	胡道靜	小說世界
賀雙卿考	胡適	胡適文存三集

中國民間故事試探	鍾敬文	民衆教育季刊
關於唐三藏取經詩話	魯迅	中學生
羅貫中	鄭振鐸	青年界
明淸二代評話集	鄭振鐸	小說月報
狸猫換太子故事的演變	胡適	現代評論
中國長篇小說的特色	鄭穆如	當代文藝
白話小說起源考	方欣庵	中山大學語言歷史研究週刊

以下十六篇皆胡適作，各附見於亞東圖書館本各該書中。

水滸傳考證
水滸傳後考
吳敬梓傳
吳敬梓年譜
西遊記考證

三國志演義新序

鏡花緣的引論

水滸傳續集兩種序（征西寇）（水滸後傳）

三俠五義序

兒女英雄傳序

老殘遊記序

海上花列傳序

官場現形記序

宋人話本序

重印乾隆壬子本紅樓夢序

紅樓夢考證

水滸傳新序　陳獨秀　以下九篇皆附見於亞東圖書館本各該書中。

儒林外史新序	陳獨秀	
儒林外史新序	錢玄同	
西遊記新序	陳獨秀	
三國志演義新序	錢玄同	
紅樓夢新序	陳獨秀	
紅樓夢考證跋一	胡適	
紅樓夢考證跋二	胡適	
石頭記六版索隱自序	蔡元培	
水滸傳釋詞	何仲英	教育雜誌
讀何仲英的水滸傳釋詞	王善生	教育雜誌
論說部與文學之關係	劉師培	國粹學報
說部流別	劉永濟	學衡

宋民間之所謂小說及其後來	魯迅	晨報特刊
水滸後傳的著作者陳忱	顧頡剛	讀書雜誌
紅樓夢辨的修正	俞平伯	現代評論
評胡適紅樓夢考證	黃乃秋	學衡
紅樓夢的本子問題	容庚	北大國學週刊
讀紅樓夢臆語	王小隱	新中國
後三十回的紅樓夢	俞平伯	小說月報
高作後四十回的批評	俞平伯	小說月報
紅樓夢摘擬	胡欽甫	述學社月刊
孫行者鬧天宮故事之演變	李振芬	民鳴
馮夢龍的生平及其著述	容肇祖	嶺南學報
中國古代小說的國際關係	胡懷琛	世界雜誌

搜神記序　胡懷琛　附見於商務本搜神記中

以上所開的關於研究中國小說的參考資料，已經成書的，我都搜集到；散見於雜誌或報紙上的，也有十分之七八已經搜羅到。方預備多費點工夫，再研究一下，寫一本「中國小說史」，不料一二八之難，把我所有的書被燒得乾乾淨淨，當然這一批小說史的材料也化成紙灰。現在再要搜集，很不容易，因爲載在雜誌上的，過了時，就不能找到。不過有一個目錄看看，比較的或有找得到的希望，所以這個目錄也不是一些的沒有用。因此我便把他附錄在這裏，不但是自備查考，也可供給他人參考的補助。

（附錄）

今人搜輯民間故事的專書目錄

閩南故事集　黃振碧　泰東

呆女壻的故事　林蘭　北新

烏龍精	中華書局	中華書局
杜鵑鳥	又	又
貓師傅	又	又
玉葫蘆	又	又
水仙花	又	又
大石橋	又	又
三公公	又	又
傻女壻	又	又
王半仙	又	又
五鼠鬧東京	又	又
蝦蟆王	又	又
三間房	又	又

中國神話	胡懷琛	商務
十二姊妹	袁家驊	北新
新女壻的故事	林蘭	北新
巧舌婦的故事	又	又
民間趣事	又	又
民間趣事新集	又	又
呂洞賓故事	又	又
朱洪武故事	又	又
鬼的故事	又	又
鳥的故事	又	又
娃娃石	孫佳訊	開明
列代名人故事	林蘭	北新

吹簫人	米星如	商務
仙蟹	又	又
大黑狼的故事	谷萬川	亞東
粵南民間故事	梅覺女士	出版合作社
廣州民間故事	劉萬章	民俗學會
蛇郎	黃韶年	開明
鬼哥哥	林蘭	北新
民間傳說上下集	又	又
漁夫的情人	又	又
金田雞	又	又
換心後	又	又
瓜王	又	又

三兒媳的故事	又	又
中國神話集	陳雪清	兒童書局
中國民間趣事	清　野	又
歷代童謠故事	陳雪清	又
江山傳山	徐　晉	又
貓的故事	徐培仁	又
神的故事	薛舜華女士	重慶書局
熊家婆	唐幼峯	又
金樹和銀樹	徐培仁	又
綠色的蛇	唐幼峯	又
白貓	又	又
窮秀才的故事	北新	北新

文人的故事	北新	北新
菜花郎	又	又
三個願望	又	又
沙龍	又	又
呆黃忠	又	又
相思樹	又	又
紅花女	又	又
董仙賣雷	又	又
徐文長外集	又	又
民間童話集	又	又
鸚鵡小明	趙吟秋	上海印書館
黃狗耕田的故事	劉克果	又

大佛的故事	唐幼峯	又
長鼻子哥哥	趙吟秋	又
中國民間傳說	胡寄塵	商務
揚州的傳說	蕭漢	中山大學
從民間來（以下二種爲論文）	陳百峴	開明
孟姜女故事研究集	顧頡剛	民俗學會